マルチプル・キャンサー

Multiple Cancer

中島健二

死んだあと、私の魂はどこに行くのかしら？
そう言って彼女は逝った
愛と死へのオマージュ

装幀　本澤博子
装画　足達英子

マルチプル・キャンサー

第一章　トータル・ヒステレクトミー

　四月も終わりの祝日の午後、私は客間の廊下のロッキングチェアに身を任《まか》せ、揺らすともなくそれを揺らしながら新聞を読んでいた。この客間は客が来た時に使う部屋であるが、年に何回来るか分からない人のために南向きの部屋を空《あ》けておくことはナンセンスだと気付いて、一年ほど前からここを書斎代わりに使用しているのである。新聞や軽い本を読むのにはこのロッキングチェアが便利だし、論文を読んだり書いたりする時は座敷に入り黒漆《くろうるし》の文机《ふづくえ》に向かうのだ。

　ここを書斎にしようと決心した時、大工《だいく》を入れ、炉《ろ》を切って掘り炬燵《こたつ》を造った。もちろん初めは親から譲り受けた古い屋敷に手を入れるのに抵抗があった。しかし何年か前に大谷大学図書館を訪れたことがその抵抗感を切り捨ててくれた。西洋の死生観に興味があり、その種の本は洋書も含め読んでいるのだが、仏教ではそれをどう捉《とら》えているのか知りたかった。以前、ある学会で「日本人の死生観」というシンポジウムがあり、私もシンポジストに選ばれたが、私の隣に座った方が僧服姿であった。浄土真宗の僧侶というその方が大谷大学図書館を紹介してくれた。ガラス張りの大きな近代的図書館であった。

司書に案内されて二階に上がった時、廊下の隅に古い文机が置いてあるのが目に入った。

「あれは何ですか、この図書館には似合わないですね」

私は不躾《ぶしつけ》な質問をした。

「本学の教授をされた鈴木大拙《だいせつ》先生の書斎を模《も》して造らせていただいたのです。先生は長時間お座りになってものをお書きになられるので足が痛くなられるのでしょう。それでこのように炉を切って足を下ろされたのだと思います。小さいお部屋だったようですが畳の間《ま》ですから、お仕事が一段落するとここで坐禅もされたそうです」

私も鈴木大拙の名前は知っていた。もっとも日本の禅をアメリカで広めた禅学の大家《たいか》であるということくらいしか知らないのだが、さすがにアメリカに長年生活し、アメリカ人と結婚した人だから合理的な考えも身に付けたのだろう。私が八畳の客間を書斎にし、堀り炬燵を造って文机にしたのも、大拙先生を見倣《みなら》ってのことであった。だいたい、私も含めて、今では正座ができる人は少なくなった。

ロッキングチェアに身を置く私の顔に、ガラス戸を通して陽《ひ》の光が当たった。まぶしかったが、強すぎる陽射しではなかったので、私はあえてカーテンを引くこともせず、ただぼーっと新聞に目を通していた。このところ仕事が忙しかったので、たまの休日にこうしてゆっくりできるのは嬉しかった。

今朝は九時過ぎに起きて遅い朝食を摂《と》ったので、昼食は午後二時を過ぎていた。満腹の上に暖かな陽気が加わって私は次第に眠くなってきた。

その時ピン・ポーンとチャイムの鳴る音がした。霞《かすみ》がわずかにかかったような意識の中でその音が耳に響いたが、同時にそれは自分には関係ない気がしていた。いつもは妻が対応していたからだ。

一瞬、よどんだ空気が切り取られたように意識がはっきりしたが、それは「はーい」、という妻の声によるものであった。パタパタとスリッパの音が玄関に向かった。話し声が聞こえてきた。女性の声であったが何の話か聞き取れるような声量ではなかった。しばらく続くリズミカルな会話のやりとりが子守唄になって、いつの間にか私は眠っていた。

＊

「あら、寝てたの」

美和子の声で目がさめた。

「ああ、……隣組が来たのか？」

私はもう死語になった言葉を口に出した。隣近所とはほとんど付き合いという付き合いはしていないが、町内会費の支払いや回覧板の受け渡しなど最低限度の交流はあった。

＊

先日もこんなことがあった。町内会役員が氏神様《うじがみ》に奉納する協賛金を集めに来た。このあたりの住人はすべて近くにあるU神社の氏子《うじこ》なのだそうである。町内安全を祈願してもらっているので、毎年協賛金をその神社に献納するのだ。

「それ神道《しんとう》でしょう」

私は訊ねた。土曜日で私は家にいたので昼食の準備をしていた妻に代わって私が応対したのだ。

町内会役員は当たり前だと言わんばかりの表情をした。そして、

「お宅もご存じでしょうが、最近このあたりは学者さんやら、社長さんやらのお偉いさんが住まわはったりしますが、うちらのような昔からの者も住んでます。お互いに付き合いがないのは防犯上も良くないし、子どもたちの登校、下校での安全にも問題が出ているのです。そこでうちらのようなこの地に生まれ育った田舎者《いなかもの》が世話役を買《こ》うて出て、こうしてお願いに回って

いるわけでして。U神社はご存じですよね。お宅さん」

「いや、もちろん何回か行ってます。小さな池がありますね」

「そう、あります。あの池も時々浚《さら》うのです。池が濁ると魚が死んでしまうので」

氏子は元気な声を出した。

「平安時代と言いますから、もう千三百年も前にできた由緒ある古い神社です。神輿《みこし》もあるんですよ、子ども神輿ですが。それを子どもに担《かつ》がせて、町内を回るのです。子どもは喜ぶし、それに付き添う親たちはお互い顔見知りになるから、まさに一石二鳥だと思いませんか。そんなわけで、まあご寄付をいただければと思ってこうして、お休みのところをお邪魔させていただきました」

氏子代表の五十代半ばと思われるがっしりとした体格の男は一気にまくし立てた。「うちは宗教が違いますから」と言いたいところであったが、町内の融和《ゆうわ》を図っているとか、子どもたちも楽しみにしているなどと言われると、まあいいかという気になってあらかじめお宅はいくらと決められた協賛金を払ってしまうのだ。

＊

「町内会ではなかったわ。不動産屋さん」

「ふどうさんやさん？　何それ」

「土地、建物の売買よ」

「ああ、不動産業。なぜうちに来たの？」

「会社が近くだから挨拶がてら寄ったんですって」

「今の人、女性だろう？　その人がやっているの？　不動産屋」

「使われているんですって。会社に」

「いくら近くに会社があるからって、何だって来たんだろうね」

「こんなこと言ってたわ。『大きなお家《うち》にお住まいですね。古くてがっしりしていていいお家ですね』って」

「そんなこと言いにわざわざ来たのか、その人」

「古いだけに、住みにくいでしょう。近代的な住宅に住み替えしたらどうですかって言うのよ」

「それで読めた。ちゃんと目的があって来たんだよ。その人」

「えーと、会社はと。来た人は確か田中さんだったかしら。名刺を置いていったわ」

美和子が差し出した紙片には、〝藤居不動産株式会社　営業部主任　田中清子〟と書いてあった。会社はうちから近いというほどではないが、かといってうんと遠いわけではなかった。

車で数分の距離である。

この家は今風に言えば築六十年であるから相当に古い。いい材料を使って丁寧に造られた純和風の家であるが、何と言っても戦前のものであるから使い勝手がいいとは言えなかった。ダイニングキッチン、トイレ、風呂場などはそのつど直してきたが、建物全体をいじるつもりは全くなかった。現に、今ロッキングチェアを置いている廊下に続く八畳の客間も、五寸角の檜《ひのき》の通し柱で繋《つな》がる二階の十二畳の間も、京間《きょうま》であるからゆったりとしていた。いつだったか、和風建築に詳しい友人が、「檜の柱の飴色《あめいろ》になったのが何とも言えませんね。それにこの天井は屋久杉《やくすぎ》の一枚板ですね。もうこんな材料は手に入りませんよ」と言ったのを覚えている。客間の床柱《とこばしら》も北山杉《きたやますぎ》の磨き丸太が使われていたし、床の間の横にしつらえた違い棚も厚い欅材《けやきざい》を黒漆で仕上げた贅《ぜい》を凝らした造りであった。

私は家で寛《くつろ》ぎたい時には和服を着ることがあり、ひとりで和室に入ってただ座っているのを好んだ。もう一つ心を和ませるのは客間から眺める庭の風景であった。決して広い庭ではないが、中央には御影石《みかげいし》の灯籠《とうろう》が立っていた。この灯籠の宝珠《ほうじゅ》に触れんばかりに枝を差し出しているのが黒松であった。私は朝起きると、まず書斎のガラス戸を開け、新鮮な空気を胸いっぱいに吸い込むことにしているが、灯籠の火袋《ひぶくろ》に彫り込まれている干支《えと》の動物に「お早う」と言うのが日課になっていた。家の前の通りは結構車の往来もあるが、その騒音がほとんど侵入してこないのは、家の周囲に廻《めぐ》らした土壁とその内側に植えられた樹齢百年ほどの数本の椎《しい》の木によるものであった。この木々にはいろんな鳥がやってきた。

急速な宅地化が進んだ今では、私たちの家を含め数軒が昔のたたずまいを残すのみとなったが、鳥たちもその風情《ふぜい》を愛して訪ねてくるのだ。鶯《うぐいす》もしばらくここに滞在し、歌の練習をしていくが、山鳩もここに巣を作って雛《ひな》を孵《かえ》したこともあった。

その後、田中さんは、「こんな物件があります。近くを通りましたからお持ちしました」とチラシを持って訪ねてきたようだが、日中に来たので私が会うことはなかった。

＊

六月も半ばを過ぎた頃、私が大学から帰ると夕食の支度《したく》をしながら美和子が言った。

「今日、田中さんが見えたの。あなたが医大に勤めていると言ったものだから、『父の病気のことでお聞きしたいことがあるので、もしお時間を取っていただけたら嬉しいのですが』と言って帰ったわ」

「商売の話じゃなかったのか。最近よく物件とやらを持ってくるじゃないか」

「ええ、今日はそんな話は一切なし。真剣だったわ」

「何の病気だと言っていたの、お父さん？」

「はっきりはおっしゃらなかったけれど、脳卒中で大阪の病院に入院したことがあるみたいよ」

——脳卒中なら放っておけないな。おれの専門でもあるしな。

「しかし、今学会の準備で忙しいんだ」

「でもわざわざそのために頼みに見えたのだから話を聞いてあげてよ。そうするわよ」

そう言うと、美和子は勝手に決めてしまい、田中さんに電話をかけている。

結局私は押し切られた形で、七月最初の日曜日に田中さんに会うことになった。

＊

約束の日の午後、田中さんは薔薇《ばら》の花束を手にしてやってきた。黒が混ざった濃い赤色の花で、甘い匂いが部屋を満たした。田中さんを招じ入れた客間からは長方形の大きな庭石が見渡せたが、それはきらきらと光を反射していた。さっきまで降っていた雨が石を濡らしたからである。

「すみません先生、貴重なお休みの日に。奥様からお聞きしますとほとんど病院でお仕事をされているとかで、本当はゆっくりしていたい時間にこうしてお邪魔してしまいました」

「いいえ、そんなに気を使われなくても結構です。お父さんの病気のことですね。私は医者ですから、そのことでお役に立てれば嬉しいです」

「父は二年前に脳卒中になり、大阪の医大病院に三カ月ほど入院していました。手足は不自由になりましたが何とか退院できました。今実家にいて、時々医大病院の外来に通っています。リハビリも受けていますが、左の麻痺《まひ》は残ったままです。それはそれで仕方がないと思っているのですが、父は最近呆《ぼ》けが出てきたようなので心配です。何か良い方法はないのでしょうか」

引き締まった、それでいてどこか憂いのある面長《おもなが》の顔であった。

私はとにかくお父さんを独りぼっちにしないこと、家の近くに老人保健施設があるなら、そのデイサービスを積極的に受けさせるように勧めた。そのためには、役所の保健課の窓口に行き、事情を説明してサービスを受けるための手続きを早めに取っておく必要があることも伝えた。

「いいですか、田中さん。お年寄りは何もしないでぼーっとしていれば、脳の働きは鈍くなります。使わないでいると、脳は縮んでしまい、それが痴呆に繋がるのですよ。もし心配なら、私の外来診察日に連れてこられれば、直接診察させてもらい適切なコメントを差し上げましょう」

「ありがとうございます。私も父が家に引きこもって何もしないので、これでいいのかな、と思っていたところです。早速実家に行って兄にそのことを伝えようと思います。兄はすこし呆けがきた父を人目にさらすようでかわいそうだと思っているようなんです。先生からきつく注意されたと言えば、兄も聞いてくれはると思います」

「実家にはお兄さんがいらっしゃるの？　お母さんはどうなさったの？」

美和子が訊ねた。

「母は私がまだ幼稚園に入る前に死にました。何でも若い時結核《けっかく》をしたことがあるんやそうですが、それが十分に治り切っていなかったんやと思います。結核菌が頭に上がって脳膜炎《のうまくえん》になって、それで死んだんやって聞かされています」

そう言ったあと、突然彼女は話題を変えてきた。

「初対面の先生にこんなことまでお話ししていいか、さっきから考えていたんですけれど、ついでというわけではありませんが、先生はお偉い先生に似合わず話しやすそうなので……。私のこともお聞きしていいですか」

「どうぞ、お父さんのことはもういいんですか」

「ええ。でも一つお聞きしたいことがあります。先生さっき痴呆と言わはったけど、それ認知症のことですよね」

「その通りです。痴呆症という言葉は患者さんを軽蔑した言い方だとして、患者さんやその家族、一般市民から病名を変えてほしいとの声があがりました。それで国は市民の意見も聞いた上で、認知症に変えることにしたのです。最近のことです。私は個人的には認知症という言葉自体が奇妙だと思っているのですが……まあそうは言ってももう決まったことですからカルテもそのように書き換えていますけど」

「どう奇妙なんですか。教えてほしいわ」

「認知という言葉は昔から使われていますよね。学問の世界でも、例えば心理学や哲学でも使われています。自分の外にあるものを見たり聞いたりあるいは触ったりして、私たちはそれを理解し記憶して生活をしていますよね。それどころかもっと複雑なこともしています。そのような認知という重要な言葉に、病気を表す症をくっつけて〝認知症〟と簡単に言ってしまっていいのかと私は思っています」

「わあ、却《かえ》って難しくなりました。私もさっき父のことを呆けが出たと言いましたけど。この呆けも言ってはあかんのですよね」

「あかんというわけではありませんが、その人の住む場所によって言葉は違いますから難しいですね。私は関東で育ったので、日常会話で『バカ』はよく使いました。関西に住むようになって直《す》ぐ、『お前はアホやな』と言われてすごく腹が立ちましたよ。でも私が『君はバカか』と言ったら相手が怒ったのを覚えています。軽い気持ちで言っているのにそうは取られないことがあるんですね」

「確かに私はお客さん商売ですから言葉に気をつけなければあかんといつも社長に注意されています。それはそうと……実は私、二年前に婦人科の病気で手術を受けました」

急にトーンを変えて、ややうつむき加減で彼女はそう言った。

「婦人科の病気って子宮筋腫《しきゅうきんしゅ》か何か？」

「ええ。父と同じ大阪の医大病院です。父が入院していたので、私は付き添いとして病院に泊まり込んでいました。ちょうどその頃不正出血があったので、ついでに診てもらったのです。子宮の病気なんですが、筋腫というのは先生、女性の下《しも》の病気では一番多いのでしょう。それではないと婦人科の先生は言わはりました。でも、何かできものだそうです」

田中さんは婦人科の医師から聞かされていたのであろうか。確かに子宮筋腫はそんなに珍しいものではない。この病気は不正出血などで気付くことが多いが、無症状のものを含めれば女性の三割に見つかるとの報告もあるのだ。

「失礼ですが、あなた今おいくつですか？」

「四十六歳です。手術は四十四の時です。医大の先生はすこし性質《たち》の悪い筋腫だと言わはりました。でも発見が早かったから良かった、全部取っちゃいましょう、そうすれば安心だって言わはったのです」

「そうですか。トータル・ヒステレクトミー、ああ子宮全摘《ぜんてき》と言いますが、それをされたんですね」

「ええ。お医者さんて、何というか、すごいですね。全部取っちゃいましょう、そうすれば安心や、ですって。子宮をですよ。私にはもう関係ないものかも知れへんけど、女にとって子宮を取られることがどんな意味を持つか先生には分からんのやろうかと思いました。まあ、命を失うか子宮を失うかどっちにすると言われればそれまでですけど」

「子宮も救い、命も救えればそれが一番いいですよね。あなたの主治医はそのことを考えた上での結論をあなたに示したのではないかなあ。そこのところを十分に説明しなかったので、あなたを傷つけることになったのでしょうね。医者は、私も含めてだけれど、言葉が足りないことがあるのです。妻にもよく注意されますよ。ところで、その後の経過はどうなんですか」

「そうでした。それで、もう大丈夫ということで安心していたんです。時々は病院に検診を受けに来なさいと言われてました。そんなに精勤とは言われしませんけど。先月行った時、何か変わったことないかと聞かはったので、最近便秘がきつうなった、便秘するので浣腸をかけたら下痢をした、と言ったのです」

「便秘と下痢ですか」

「そうですねん。浣腸かけたら下痢するのは当たり前と言えば当たり前やけど、便秘と下痢の繰り返しですねん。それが続いて難儀しましたと言ったら、先生びっくりした顔しはって、直ぐCT撮《と》りますって」

「直ぐCTですか」

「その日にです。そして一週間後にまた来てくださいって言わはったのです。私その日は用事があったのです。大きな仕事が取れてその契約を交わす日だったのです。でも先生のいつもと違う顔を見て、言いそびれました。私会社に帰って社長に謝りました。そしたらあんたの身体の方が大事や、契約はわしが代わりにするから安心せい、言うてくれて」

「理解のあるいい社長さんじゃないですか」

「ええ、まあ。社長も私の身体には気を使ってくれます」

「それでどうでしたか。そのCTの結果は」

「それなんです。今度は腸にできていると言わはったんです」

「筋腫のようなものがですか？」

「そうです。父はもう退院していましたけど、病気が病気なのでほかの病院に行くのもちょっとと思って私は医大病院に続けて通っていたのです。それなのに、婦人科の先生がそう言わはって。婦人科の先生は外科のことは分からしませんよね」

「婦人科の先生でも腸の病気の知識はありますよ。私だって今は内科の医者をしていますが、インターンの時、ああインターンと言っても分かりませんよね。私が大学を出た頃は、医者になる前に一年間いくつかの科を実習して回らなければならなかったのです。それで私は産婦人科や外科で実習を受けたのです。内科医になることを決めていたので、外科的なことも少しは知っておこうと思ったのです」

「インターンって、私知っていますよ。住み込みで働く人のことでしょう。娘がインターンしてますねん。いいえ、お医者さんになるような偉いインターンではなく、美容師のインターンです。よし子って言いますねん、娘。今美容師の先生のお宅に泊まらせてもらってます」

「じゃあもうすぐよし子さんは美容師になって、あなたを助けてくれるのですね」

「そうだと嬉しいけれど、あの娘《こ》にはあの娘の生き方がありますしね。でも先生が産婦人科のことも外科のことも知っているなんて驚きました」

「婦人科実習では不妊手術の助手をしたこともありますよ」

「何ですの、そのフニン手術って？」

「もうこれ以上子どもは欲しくないという女性にする手術のことです」

「ああその不妊ですか。でも不公平ですよね。だって妊娠は女だけでするわけでもないのに」

「もちろん、男と女の共同作業の結果が妊娠ですから、男性にする手術もありますよ。パイプカットという手術です」

「パイプカットは私も聞いたことがあります。それをすればいいじゃありませんか」

「そりゃそうです。でもおれはいやだ、お前が手術を受けろと言われ、押し切られて婦人科に来る人も多いのです」

「それで先生がインターンの時、その手術をしはったのですか」

「ええ、お腹《なか》の下の方、ちょうどお臍《へそ》の下を十センチぐらい切り開いて、卵巣《らんそう》から卵が細い管《くだ》を通って子宮の方に行かないように糸で縛ってしまうのです。マドレーネルというドイツのドクターが始めたのでマドレーネル手術、今は英語読みでマドレーナー手術と言いますけど、その助手をしたんですよ。それだけでなく、せっかくお腹を開いたのだからついでに盲腸《もうちょう》も取っておこうって切除したものです。盲腸の手術は簡単なので、君がやりなさいと言われ、それは私ひとりでやりました」

「えーっ、先生がですか。信じられへんわ」

「もちろん先生が横にぴったり付いてですよ。私がへまをすれば、すぐに代わってするつもりなので、先生も手術着を着たままでした」

「でも先生は最後までやらはったんですね」

田中さんは大げさに両手を広げて驚いたしぐさを見せた。梅雨時のすこし蒸し暑い気候であったから、田中さんは薄い黄色のツーピースを着ていた。上着の袖を通して彼女の細い腕が想像できた。病気が腕から筋肉を削《そ》ぎ落としたのであろう。

「現在ではマドレーナーはしていないと思います。当時の日本は、三十年も前ですが、患者さんに十分に説明をして納得の上で手術、という状況ではなかったですね。それについでにやった盲腸の手術も、手術後に承諾を取っているのです。現在ではそれは許されません。でも当時は『それまでやっていただいて、ありがとうございます』と患者さんに感謝されたのです」

「そうやと思います。私かて感謝すると思います。盲腸っていつなるか分からないから、はじける前に取ってもらった方がいいやないですか」

「でも、手術は肉体に侵襲《しんしゅう》、つまり傷を加えながら行う治療です。メスや鋏《はさみ》で切ったりします。これは医師の資格を持った者にだけ許される行為です。しかし良かれと思ってメスで切っても、思わぬ事態を引き起こすこともあります。動脈を切って大出血を起こすとか。つまり一般的には傷害罪に問われることも、医療であるから許されるのです。医師以外の者がやればおおごとになりますよね。やくざが刃物で人を刺せば傷害罪で捕まるように。ドクターならオーケーなのはきちっと事前に説明をしっかりして、文書で患者さんから承諾書を取っておくからです」

「よう分かりました。でもお医者さんとヤーサンとは違いますよね。どう見ても。メスとドスはやっぱり違うわ。うちはそう思います」

田中さんは釈然としないようすだった。

「うーん、メスとドスね。ところで今度のは新たに腸にできたって言われたのですか？　それとも子宮のできものの取り残しがあって、それが腸に飛んだと言われたのですか？」

「それが先生、おかしいんです。手術のあと、二年経って同じお腹の中にできものができれば、誰でも再発やと思いますよね。ところが婦人科の先生がCT写真を見はって、これは婦人科の病気違う、外科の病気や、外科へ紹介するって言わはったのです」

「それで今度は外科へ回されたんですね。外科の先生は何ておっしゃいました？」

「それですけど。婦人科の先生はうちの医大病院の外科にと言わはったけど、何だか医大の先生は信用できんように思えて。それで私の家の近くにある病院を紹介してもろうたんです」

「あなたはどこにお住まいなの？」

「茶山《ちゃやま》です。叡電《えいでん》に駅があります。その駅のねき（近く）にある小さなアパートです。家から近い方がいいやろ言うて、四つ葉病院を紹介してくれはりました。先生その病院知らはらへんですか？」

「知っています。東大路通《ひがしおおじどおり》からちょっと入ったところにありますね。時々患者さんを紹介してきたり、逆にこちらからお願いすることもあります。それで挨拶がてら訪ねたことがあります。院長さんが院内を案内してくれました」

「四つ葉病院の外科の先生は、和田先生と言わはるんですけど、盲腸の近くに別の腫瘍《しゅよう》がある、取って顕微鏡で見な最終的には決められんけど、子宮の腫瘍、できものを腫瘍と言わはるんですね、それとは違う種類やろうと言わはるのです。滅多にないことやけど、そういうことはたまにあると言わはりました。そんなこと本当にあるんですか、先生」

「ないことはないなあ」

私はあいまいな返事をした。

――これは二重《にじゅう》ガン、ダブル・キャンサーだ。ガンは身体のどこにできても皆ひっくるめてガンと言っているが、できる場所によってそれぞれガンの種類が違う。子宮にできるガンと腸にできるガンは顕微鏡で見るとガン細胞の顔つきが違うのだ。もし同じ顔つきをしているならば、どちらかがもう一つに移っていったことになる。これは転移《てんい》ガンと言って二重ガンとか重複《ちょうふく》ガンとは言わない。いずれにしても、田中さんは本当の病名を知らされていない。そのような患者にはどう対応すべきなんだろう。

「私、最初の手術をきちっとしてくれはらへんかったので、またできたのやと思います。手術の失敗やないかと思いますけど」

「でも二年間は何も起こらんかったのでしょう。そうしたら外科の先生が言われるように、また別の病気かも知れませんね」

「私、本当は手術もう受けとうないんです。ちょっと便秘がきついだけですねん。薬で何とかなる思うんですけど」

「しかし田中さん、さっきあなた便秘と下痢を繰り返していると言われたでしょう。それは単純な便秘とは違うと思いますよ。単なる便秘なら便秘薬飲んだら終《しま》いですけど。あなたの最初の病気は子宮筋腫とは違うものだと大阪の先生から言われたそうですが、正確な病名は聞いておられるんですか」

「私、聞きとうないって断ったんです。何か怖い気がして」

「でも本当の病名を聞かなければ、あなたはこれからどう対応していったらいいか分からないんじゃないですか？」

「…………」

「盲腸のあたりにできものができたのであれば、便秘だけでは済まなくなる恐れがあるでしょう。四つ葉病院の先生からきちっと話を聞く必要がありますね。腸閉塞になればそれこそ大変ですよ」

「ちょうへいそく？」

「そうです。腸が詰まってそこの血液の流れが悪くなり、最悪の場合、腸が腐ったり、破れることだってあるんです。そうなれば腹膜炎《ふくまくえん》と言ってお腹全体に黴菌《ばいきん》が広がるので、お腹からチューブを何本も煙突みたいに立てて膿《うみ》を出さなければならなくなりますよ。何カ月も入院することになったらどうします？」

「おお怖《こわ》。そんなんかなわん。腹膜炎て、私知ってます。おばあちゃんがそれで死なはったんです。五十年も前ですけど、そうだったたって聞かされました。何でもお腹痛い、言うて病院へ行かはったんやけど、盲腸で、もう手遅れや言われて一週間もせんうち、あかなんだそうです」

「それは、腹膜炎は腹膜炎だけどお腹の中で黴菌が広がって、運悪くそれが血管の中に入って敗血症《はいけつしょう》というものになったんでしょう。敗血症になればショック死することがありますから」

「ショック死ですか」

「そうです。血圧があっという間に下がってしまうのです。それで全身に血が回らなくなり死んでしまうのです」

それを聞いて田中さんは端整な顔を一瞬引きつらせ、うつむいたまま身体をこわばらせた。

しばらくして、

「私、明日にでも病院に行って詳しい話聞いてきますわ」

かすれた声でそう約束をして彼女は帰っていった。

＊

それから二週間ほどして、田中さんから美和子に電話が入った。

「奥さん、病院からです。私、今入院してますねん」

驚くほど元気な声であった。

「あら、そうなの。どうしたかと心配していたのよ」

「すみません、心配おかけして。思い切って手術を受けることにしましてん」

「お家の近くの病院？　いつ入院なさったの」

「おとといです。このあいだ話していた四つ葉病院です。もしかしてこれが最後になるかも知れへん、祇園《ぎおん》さんだけは見てやろうと思いましてん。それで宵山《よいやま》にも行きました。山鉾《やまほこ》曳《ひ》きもちゃんと見ました。その足で入院したのです」

「いやねえ、田中さん、これが最後になるかも知れないなんて縁起《えんぎ》でもないことを言って。あなたまだ若いんだから、これからも祇園祭はいやというほど見ることができるでしょう」

「もちろん冗談です。来年も見ますよ。でも今度の入院、検査、検査でしんどかったわ。水をぎょうさん飲まされて下痢みたいになって、お腹が空《から》っぽになったところでレントゲン撮られたり、ほんまにしんどかったわ。うち夫はいないし、娘はまだ若くて頼りにならないし、おまけに相談相手がいないんで、こういう時どうしたらいいか分からへんでしょう。ほんまに夜も寝られんようになりました」

「でも入院の時、保証人を立てたでしょう。保証人さんは相談に乗ってくださらないの。誰にされたの？」

「うちの社長です」

「社長さん、藤居《ふじい》さんとおっしゃるの？」

「あれ、奥さんうちの社長知ってはるんですか」

「知らないわ。でもあなたの名刺に藤居不動産って書いてあったから、社長さんは藤居さんだと思っただけよ」

「その通りです。社長はいろいろ気使ってくれはるけど、でも女同士でするような話をすることもできへんでしょう」

「それはそうよねえ」

「婦人科の病気のことなんかも話せへんし。下着のたぐいは娘に頼んで洗濯して持ってきてもろうたり、足りないものは買うてきてもらうからいいですけど。病気の微妙なことはなかなか」

「あなたは社長さんの奥さんとは親しくないの？　失礼な言い方かも知れないけれど、お宅は小さな会社で社長も社員も家族みたいなものでしょう。こんな時よく社長の奥さんが世話を焼くって言うわよね」

「それはそうですけど。うちの場合、そのことは期待できしません。社長の奥さんは会社のことは全然ノータッチですさかい。それに身体の具合も良くないんです、社長の奥さん」

結局、美和子は近いうちに見舞いに行く約束をした。

田中さんは美和子に電話をして五日後に手術を受けた。

＊

「田中さんが今度受けた手術は初め言ってた通り、大腸の腫瘍で盲腸のあたりにできていたんですって。子宮の病気の続きではないって先生から言われたそうよ」

病院に見舞いに行った美和子が、遅く帰った私の食事の準備をしながら言った。田中さんが入院している四つ葉病院は私たちの家から車で三十分くらいのところにあった。

「ガンなのかい？」

「それは分からない。私からガンだったの、とも聞けないでしょう。でも田中さんにそれとなく聞いてみたの。先生に病名は何か訊ねたかって」

「そうしたら？」

「田中さんこう言うのよ。『先生も病名をはっきり言っておいた方がこれからは治療しやすいから、と言われたけど、いいです、却って気持ちが動揺しますから』と断ったんですって」

「それじゃ、二年前と同じで病名も知らずに手術を受けたわけ？」

「そのようよ」

「それだけで病気が終わってしまえばいいけど、これからの進行状況によっては、いろいろ面倒になるなあ」

美和子はその後も数回、田中さんを見舞いに病院を訪ねた。私も行こう行こうと思っているうち彼女は退院してしまった。入院期間は一ヵ月半くらいであった。

退院後一週間ほどした日曜日の夕方、田中さんが自宅にやってきた。

クーラーの嫌いな私は庭に面した戸を開け放し、網戸だけにしていたが、九月半ばの残照《ざんしょう》はまだ強く、額から汗がにじみ出るほどであった。

庭の木立のあいだから聞こえてくる蟬《せみ》の声が周辺をいっそうけだるいものに仕立てていた。

暑さに滅法《めっぽう》弱い美和子は、ふだんはクーラーで温度調節された部屋の中でじっとしているのだが、日曜日しか家にいない私に気を使ってクーラーのスイッチを切ってくれているのだ。

客が来たとなると私のわがままばかりを通すわけにはいかない。私は立っていってガラス戸を閉め、クーラーのスイッチを入れた。

田中さんはこれまでいろいろ相談に乗ったことと美和子の度重《たび》なる見舞いに対して礼を言いに来たのである。

「主治医の先生はおかしなことを言わはったのです。『田中さんは、異常体質とでも言うのでしょうかね。家族であなたと同じような病気だった人はおられませんか』って聞かはったんです」

「何か家族性の病気だと言われたのですか?」

美和子が持ってきたお茶を田中さんに勧めながら、私は訊ねた。

「そうはっきり言われてはいませんけど、ただ不思議だなあと」

「それで、今回取ってもらったできものは結局何でした?」

「私怖くてよう聞かんかったです。もしガンだったらどないしよう思うて」

――ガンという言葉を初めて彼女は口にしたなあ。一体この心境の変化は何なんだ。

「もし、ガンだったらとおっしゃいましたね」

「主治医の先生も、看護師さんも一度だってガンという言葉を口に出さはらへんかったです。だから違うとは思いますけど」

「でもあなたが、聞きたくないって耳を塞《ふさ》いだんでしょう」

「それはそうですけど」

「お医者さんも看護師さんも、本人が知りたくないと言えば言うことはできませんよ」

「私は夫もいないし……まあ娘がいますけど、まだねんねで頼りにならないし、本当のことを知っても誰にも相談できないんです。だからいっそ知らない方がいいと思ったんです」

「お父さんやお兄さんがおられるでしょう。ところでお父さんはその後お元気ですか？」

「ええ。父は今、兄の家族と一緒です。私も自分がこんな状態なので、電話でしか父と話せないんですが。兄嫁の話では、最近ますます呆けてきて、いやその認知症が進んできて、今言ったことでも五分も経たんうちに忘れてしまうそうです。兄嫁が連れていった医大の先生は脳卒中後の認知症やと言わはったそうです。私もこれ以上親に心配かけられしませんからややこしいこと何も言うてません」

「あなたの病気のことはお兄さんに話してはいらっしゃらないの？」

美和子が訊ねた。

「ええ。実はほとんど絶交状態やから……。でも私、友達は結構いるんですよ。お互いに助け合うって言えばお友達とやね。でもその人たちと病気のややこしいところまで話し合うこともできへんし」

田中さんはおよそ二時間ほど話をして帰っていった。入院の時のストレスがよほど溜《た》まっていたのであろうか、それを吐き出したようなすっきりした顔で帰っていった。その後、田中さんのことが気になりながらも音沙汰がないことはいいことだと思いつつ、日が経っていった。

第二章　ムール貝のスープ

田中さんから電話が入ったのは、およそ二ヵ月後の夜であった。美和子が電話に出てしばらく話をしていたが、受話器を私に回してきた。コードレスはこの点は便利である。受話器を手渡す美和子の表情は硬かった。

「先生、堪忍《かんにん》してください。こんな夜遅くに電話さしてもろうて」

泣き声であった。いつもはすこし甲高《かんだか》い声なのに、今夜はトーンがだいぶ落ちていた。

「また、お腹にできたのです。大腸にまたできたのです。今度は前とちょうど反対側です」

「左に？」

「そうです、私、和田先生に訊ねたんです。半年も経たんのにまたですかって。前のが残っていて、それが大きくなったのと違いますかとも訊きました」

「そうしたら、何と言われたんです？」

「また前と同じように腸にできているからそう思われるかも知れないが、繋がりはないと思うって」

「それでまた手術を？」

「ええ、便秘と下痢が始まったので、これはと思って病院に行ったんですが、直ぐに検査に回されました。その結果そう言われたのです。この前の手術は思ったほどつらくはなかったので、今度もしゃーないなあ、もう運を天に任すしかないと覚悟を決めました。でも先生、何で私だけがこんな目に遭わんならんのでしょう、しかも三回ですよ、先生、三回」

関西弁を交えながらそう言ったあと、電話の向こうで嗚咽《おえつ》がしばらく続いた。

いよいよこれはガンに違いないと私は思った。それにしても本人も何と意志が強いのだろう。本当の病名を聞こうとしないなんて。いやそうではない。意志が強いのではない、逆だ。怖いのだ。本当のことを知るのが怖いのだ。主治医はどんな気持ちで患者に接しているのだろう、病名を告げないまま最後まで通すつもりなのだろうか。それはそうだろうな、患者本人が聞きたくないと言うのなら、本当の病名を言うわけにはいかんしな。アメリカならどうするのだろう。「退院してください。病名を告げないで治療をするわけにはいきません。したがってあなたは私の患者ではありません」と病院から放り出されるだろうな。

「田中さん、何とも今申し上げようもありませんが、主治医の先生がそう言われて、あなたもその先生を信頼しているのなら、言われる通りになさってはどうですか。困ったことがあれば妻がお手伝いすると言ってますから。それにあなたが主治医の先生に直接訊きにくいことがあれば私が訊いてあげましょう。だから訊きたいことはどんなことでもいいからメモに取っておいてください。私もあなたが一番いい状態で治療が受けられるように手助けをさせてもらいます」

＊

田中さんが再入院して最初の日曜日の午後、美和子と私は四つ葉病院に田中さんを見舞った。病院玄関を入ったロビーの一角に三メートルほどの高さのクリスマスツリーが立ててあり、豆電球、銀紙貼りの星やベル、小さな人形などがツリーに飾り付けてあった。まだ周囲は明るかったから電球は点灯されていなかった。クリスマスまであと三週間もあるから、ツリーに吊るされたサンタクロースも手持ち無沙汰の顔に見えた。

外科病室は一階の北側であった。日曜日なので勤務している看護師も少なく、ナースステーションはしんとしていた。

私は空になった点滴のボトルを手にして廊下を歩いてくる看護師を捕まえ、田中さんの知人であると告げ、面会の許可をもらった。

彼女の病室は四人部屋であったが三人しか入院していなかった。

患者のベッドはそれぞれがカーテンで仕切られているが、三人ともカーテンを開け放したままにしていた。その方が部屋全体が明るくなるし、お互いに顔を見ながら話ができるので入院生活の無聊《ぶりょう》を慰《なぐさ》めることができる。患者の精神衛生上もその方がいいので、どこの病院でもガーゼ交換や診察などプライバシーに関わる時以外はベッド周囲をオープンにしておくように指導しているのだ。

田中さんはまだ四十六歳という年齢も手伝ってか、とても病人とは思えなかった。すこし頬が痩せたかなと思ったが、それによる精悍《せいかん》な顔つきが、却って元来美しい顔を引き立たせていた。同室の女性患者は二人とも、優に七十歳は超えていると思われたから、余計彼女は得をしていた。

「奥さん、何回も来ていただいてお世話になったのにまた今度もすみません。それに先生まで。先生に来ていただけるなんて考えてへんかった。嬉しいわ」

「もう検査はほとんど終わりましたか？」

「まだ半分残っています。火曜日に入院して金曜日まで毎日何かしら検査が続いていました。来週いっぱいかけて残りの検査をするんやそうです。順調に検査が進めばその次の週早くに手術を予定しているって和田先生は言わはりました」

田中さんはいつもそうなのだが、京言葉を使ったと思うと、次は標準語に変えるという芸当をするので、会話がちぐはぐになってしまう。東京育ちの私と、京都育ちの美和子に平等にサービスをしているつもりなのであろう。

「十日後くらいですね」

「ええ。でもおかしいですよね。順調に検査が進めば、ですって。検査が順調なら病気じゃないってことで、手術は必要ない思うんですけど」

「検査が順調というのは、予定通りに検査が進むということです。検査の結果が良かったということではありません」

「そうですの。分からんかった。そこが素人《しろうと》の悲しさやね。でも先生、お腹に大きなできものがあって、取らんならんと分かっているなら何で早《はよ》うに手術せえへんのですか。だってそれって一日一日大きくなっていくんでしょう」

「確かにそれは道理だなあ。大便と同じで溜め込んでいても何の得にもならんものね。でももし時間に余裕があるなら、ほかに病気がないか、あるいは手術の治りが遅くなる原因がないか前もってきちっと調べておいた方がいいでしょう。例えば手術前の検査で糖尿病が発見されれば、糖尿病の治療もしながら手術をする方がいいのです。糖尿病はお腹を縫ったあとの傷をつきにくくする厄介な病気なんです。急いでやらなければならない病気は、心筋梗塞《しんきんこうそく》や脳卒中のように時間単位で悪くなっていく病気で、そういった一刻を争うような場合は緊急手術と言って直《ただ》ちに手術に踏み込むんですよ」

「いやあそういうことですの。それならそういうふうになぜ説明しはらへんのやろう、和田先生。先生のように分かり易く言うてくれはったら、私のような者でも理解できるんやけど」

「和田先生は説明されたのではないですか。あなたは自分の病気のことで頭がいっぱいで、とても先生の言葉を受け入れる余裕がなかったのと違いますか」

「そうやろうか。うちは聞いてへんように思いますけど」

田中さんは納得できない顔つきであった。口ではそう言ったが、私も田中さんと同じ思いをしていた。

「会社はずーっと休んでいるの？」

と美和子が訊いた。

「ええ。何しろ会社と言ったって、このあいだお話ししたように実質は社長と私です。あとは吉本さん。この人は電話番みたいなことをしているお年寄りやから、まあ社長と私だけでやっているようなもんです。奥さんにも二、三物件を見てもらいましたけど、全部私がやったでしょう。あれでお分かりのように私が事務員兼営業で車も運転するし、それは働きましたよ」

「そう言えば吉田山の面白いお家もあなたが連れていってくれたわね」

「ええ、あの登り窯《がま》の物件ですね。うちが案内させてもらいました。ですから、うちが欠けて社長は困ってはると思います。こんなに何回も、やれ入院だ、やれ手術だで長く休むなんてうちも考えてもみなかったし、会社に迷惑かけっぱなしです。社長はすっかり治るまで入院していたらいい、そのあいだは業務を縮小するからって言うてくれはりますけど」

「すごく理解のある社長さんなのね」

「理解と言えば理解ですけど。実は今、この業界は景気が悪くて、物件の動きが少ないんです。だから開店休業みたいなもんです」

「社長さんはよくお見舞いに見えるの」

「ええ。週に二日くらい来てくれはります」

私たちが見舞いに行った日から数えて十一日目に田中さんの手術が行われた。あと二カ月は退院できないと主治医に言われたのが彼女は不満であった。

なぜそんなに長く入院しなければならないのかを主治医に訊ねたところ、手術のあとしばらくして点滴注射による治療を開始する必要がある上、その治療は強い吐き気と食欲不振をもたらすから外来では対応できないのだと言われたのである。

＊

クリスマスの翌日の昼頃、大学で仕事をしていると、秘書が「先生、四つ葉病院の外科のわだ先生とおっしゃる方からです」と電話を回してきた。私は田中さんを見舞いに四つ葉病院に行くのは日曜日だけなので、主治医の和田医師には会うことはなかった。その彼が電話をかけてきたのである。

「初めまして。外科の和田寿夫《わだとしお》と申します。お忙しい先生にお電話を差し上げご迷惑かも知れませんが、田中さんのことで誰に相談していいか分からなかったものですから」

「田中さんのことではご苦労さまです。何かと大変でしょう。私どもも不思議な縁であの方と繋がりができて、まあボランティアのようなことをやらせていただいているのですが」

「ボランティアの関係ですか」

声のトーンが高くなった。数秒間の沈黙があった。電話の向こうで和田医師はどんな表情をしているのであろう。

「田中さんは初めて私の外来に見えた時、先生の名刺を出されたのです。鴨東《おうとう》医大の内科教授の名刺ですから私もびっくりしました。そうして『この方は私の親しくしている先生です。和田先生によろしく、とおっしゃっていました』と言われたのです」

私は田中さんが、父親と自分の病気のことで我が家に相談に来たが、帰りがけに名刺をくださいと言われて手渡したことをぼんやりと思い出した。

「田中さんはそうおっしゃっていましたか。あの方の職場が私の家の近くなので何となくお近づきになって。初め私の妻と家や土地のことでいろいろ話をしていたようですが、あの方の父親の病気やご本人の病気のことを聞かされてからこっちにお鉢が回ってきたのです」

「そういう関係だったのですか。確か看護師たちも先生の奥さんがよくお見舞いに来ておられると言ってました」

「妻も、田中さんの家庭事情を聞いて放っておけないと思ったんでしょう」

「先生ご夫妻と田中さんがもう少し深い繋がりがあるのかと思っていたのですが、そのような関係ではちょっとお話をしても仕方ないですね」

「何かあったのですか。よろしければ話をしていただけませんか」

「実は田中さんのことでは困っているのです。治療ができにくい状況なのです」

「治療ができにくいとおっしゃると、何かひどい合併症でも？」

私はとっさに、院内感染症で最も恐れられているMRSA《エムアールエスエー》が田中さんの身体に取りついたのだ、と思った。MRSAは抗生物質のメチシリンでも駆除することのできない強力な菌で、これが体内に入り込むと、そのために体力を奪われ傷口は治りにくくなるし、ほかの臓器にも感染が広がり、それによって死亡することさえあるのだ。

「いいえ、合併症は今のところありません。先生は田中さんから、病気のことをどこまでお聞きになっておられるか分かりませんが、田中さんはガンなのです」

「やはりそうでしょうね。私も彼女の病気の経過からガンだと思っていました。しかも子宮と、腸のガンは独立しているのではないですか」

「そうです。別物です。ですからダブル・キャンサーです。あの、お分かりと思いますが、各々ガン組織が違うのです。前の大阪の病院でも病名は聞かないで手術を受けたそうです。今回も、本人に病名を告げようとしても、本人は聞きたくない、知らない方がいいと言われるのです」

「聞きたくない理由は何と言っておられるのです、田中さんは」

「知れば却って不安になるだけ、と言うのです。これでは手術はともかく、術後の治療ができないのです。抗ガン剤を点滴でやるのですが、その副作用もきついし、本人に話して納得の上でそれをするのが常識になっていますが、彼女の場合、そうではないのです」

「術後の化学療法《キモセラピー》は受けていると聞いていますが」

「ええしています。ただ、ガンだとは告げられないので、体力回復のための栄養剤だと言って点滴をしていますが、栄養剤で何でこんなに気分が悪くなるんや、と怒るのです。実際に吐いたりされますしね」

「それでは治療しにくいでしょう」

「ええ。ですから病名を告げて、今の状況を患者本人によく知ってもらって、それから治療をしたいとずーっと思ってきたのですが、それがうまくいかなくて、困り果てているのです」

「でも、四人部屋に入院しておられるから、田中さんもほかの患者さんの状態や、治療内容を見てそれとなく気付くのではないですか？」

「そうは思うのですが、本人は決してそれを私に言いません。あの方のご主人にはすでに病名は告げてありますから、ご主人から奥さんに病名を言ってもらおうか、それとも私から言おうかとご主人に訊ねたのです」

「ちょっと待ってください。今ご主人とおっしゃいましたが、田中さんには夫はいませんよ。もう亡くなられたか別れたかで、今は子どもと二人暮らしと聞いています」

「ええっ。でもしょっちゅう夕方に来ている方はご主人だと思いますよ。看護師たちも田中さんの夫だと思って対応しています」

私は頭が混乱してきた。確か田中さんは、「夫はいません。高校を出て美容学校に行き、今は美容院で働いている娘と二人きりです」と言っていたような記憶がある。もしかしたら、という思いが湧き起こった。

「先生、ひょっとしたらその男の方は田中さんの勤めている不動産会社の社長かも知れませんね」

「そうですか。でも会社の社員、上司という雰囲気ではないですね。私たち病院の者は全員、彼が田中さんの夫だと思っていました。戸籍上はともかく、実質的な夫婦だと思いますよ。まあそれはそれとして、その人に病名を患者に告げたい、そうでなければこちらが考えているような治療ができない、と言ったのです」

「そうしたら?」

「反対されました。すごい剣幕で怒り出しまして」

「何と言って怒ったのです?」

「絶対に本人には言わないでほしい。彼女は気が小さいので、もし自分の病気がガンだと知ったら、ショックで取り乱すかも知れない。それどころか、自暴自棄になって自殺でもしたらどうしてくれる、と言うのです」

「でも、先生としては病名を告げなければ、思い切った治療はできないでしょう」

「そうなんです。さっきも申しましたように、術後の化学療法も満足にできません。キモ(キモセラピー)で副作用は出ますが、前もって説明しておけば、たとえ出たとしても耐えられることもあるのです。それに副作用を抑える薬を加えることもできます。しかし、病名を告げていなければそれすら満足にできません」

「先生のおっしゃる通りです」

私はガンの病名告知と、告知を受けた患者の心理状態や治療上の問題点について研究をしている友人のことを思い出した。

＊

日本ではガンの病名はこれまでは直接患者本人に告げることはあまりなかった。家族に病名を告げ、医師と家族が話し合ってガンの治療方針を決めていた。

しかし早期診断が進み、治療が早ければ完全に治る可能性が出てきたことや、患者自身が自分の病気に関しては真実を知りたいという気運が高まってきた。そこで私の友人はガンの病名の告知を受けた患者に直接会って聞き取り調査を行うことにしたのである。

調査を行った病院は彼の住む地方都市では最大の公立病院であったが、ガン患者の八〇パーセントに病名の告知がなされていた。その病院の外科部長が、患者に積極的に本当の病名を告げてから治療を開始するという信念の持ち主だったからであろう。その代わり最後までその患者に責任を持つという態度を崩さなかったのである。その考え方に産婦人科と泌尿器科の部長が賛同し、同一歩調を取ることになって数年経った頃に私の友人が聞き取り調査を実施したのである。三百人ほどのガン患者の八〇パーセントに病名の告知がなされていたのはそのような理由によるものであろう。病名を本人には告知せず家族にのみ告げていたのは、本人に重度の認知症の症状があるか、来院時すでに病状が進行してしまっていて意識状態が悪化している場合であった。

調査の結果分かったのは次のことであった。病名を知っているガン患者のうちの四〇パーセントが、「私の病名は何ですか。隠さずに言ってください」と主治医に要求していた。残りの六〇パーセントの患者は主治医の方から、あなたの病気は実はガンなのです、と告げられている。病名を知って多くの患者は精神的にひどく動揺したが、比較的早くに立ち直っていることも調査の結果判明した。

調査の最後に、「告知を受けて今どう思っていますか」と質問したところ、九八パーセントの患者は告知を受けて良かったと答えたのである。さらに驚いたことは、患者はガンと告げられる前に、ひょっとしたら自分はガンではないかと疑い、インターネットや医学書などで情報を摑《つか》んでいるという事実であった。

ある七十五歳の患者は、尿に血液が混じっているのに気付き、インターネットで調べていた。「血尿は膀胱《ぼうこう》ガンのサインだと泌尿器科病院のホームページに書いてありました」と答えていたのである。

「医者より患者の方が先を行ってますよ。今の患者はそんなにやわではありません」が友人の結論であった。

＊

「先生は田中さんに抗ガン剤を使われたとおっしゃいましたね？」

「ええ、やってみました。さっきお話ししましたように、すぐに吐き気が出て、田中さんに一体何の注射をしたのか、ほかの患者の薬と間違えたのではないかと詰問されたのです。それで、キモは途中で中止せざるを得ませんでした」

「田中さんの上司を先生が呼び出されたのはそのためですか」

「そうです。こちらとしてもどうしたらいいか分からないし、来てもらったのです。そうしたらああ言われたのです。まるで脅迫です」

「それはびっくりされたでしょうね。ところで私に何かできることがあるでしょうか」

「ええ。田中さんの夫に、いや上司に、てっきり夫だと思っていましたからちょっと意外でしたが、その上司を先生から説得してほしいと思ったものですから」

「病院の治療方針に従ってほしいと？」

「そうです。できれば田中さんにもそうおっしゃっていただければ助かります」

「私はさっき申し上げた通り、そんな大役を引き受けるほど、あのお二人との付き合いは深くないんですよ」

「そのようですね、さっきのお話では。私もすっかり田中さんに一杯食わされたようです。いかにも親しい間柄のように言われたものですから。先生ご夫妻には親切にしてもらっています、家にも何度もお邪魔しています、今度の病気のことも親身になって相談に乗ってもらいました、なんて言っていたんですよ」

「田中さんがそんなに私どもを信頼してくれていたとは、思ってもいませんでした。でもそれほど深いお付き合いをしているわけではないし、治療方法の決定という大きな問題にどこまで私どもが入り込めるか。後々の責任がありますから」

「分かりました、もう一度、田中さんとその夫、いや上司の方に説明をしてみます。うちの看護師たちもどう対応していいか分からないと言い出したので、病棟で症例検討会を持ったのです。その時に、先生の奥さんがよく見舞いに来ておられるので、ひょっとしたら先生に助けていただけるのではないかと看護師からも意見が出たのです」

「ありがとうございます。私と妻ももっと頻繁に田中さんを見舞って、気持ちを和らげるように努力します」

「長電話になってしまい申し訳ありませんでした。よろしくお願いします」

そう言って和田医師は電話を切った。

＊

大学から帰宅した私は、台所で夕食の支度をし始めた美和子に向かって四つ葉病院の和田医師からの電話のことを話した。

美和子は何時に帰ってくるか予測がつかない私をあてにせず、夕方には料理を作り上げておく。あとは私が帰ってきた時に温めればいいのだ。そのタイミングはユキが教えてくれる。自分専用の椅子の上で眠っているこの老猫は突然耳をぴんと立てて椅子から飛び降り、にゃーにゃーと言いながら玄関に向かって歩いていく。それから正確に一分してガレージのシャッターが開き、私が車を入れる。そのあと私は表通りに回って門を開け、玄関に辿り着くのだ。ユキは私の乗用車のエンジン音を百メートル離れた地点で聞き分ける能力を持っていることが分かる。だから美和子は、ユキがにゃーにゃーと言いながら玄関に向かうのを見てガスに火を点けるのだ。

「うーん、難しい問題ね。いわゆる病名告知でしょう」

そう言いながら美和子はテーブルの上に料理を並べている。

「私も田中さんの病名告知のことはずーっと考えてきたの。お見舞いに行っていて時々私が息苦しくなることがあるもの。だって私、嘘をついているのよ、あの人に」

「嘘？」

「そうよ。時々田中さん、鎌をかけるようなことを言うのよ。『手術して悪いところを取ったんやから、一日一日良い方へ向かうはずやねえ。どうしてこうしんどいんやろう。ひょっとしたら性質の悪い病気と違いますやろか』なんて言いながら私の顔を覗き込むようにするの。思わず『あなた、実はね』って言いたくなるのをぐっと抑えて、身体をさすってあげているのはつらいわ」

＊

正月休みの最後の日の午後、私は妻と田中さんを見舞った。元日に妻がひとりで見舞った時、ベッドの横の床頭台《しょうとうだい》に昼食が箸もつけずに置いてあったのだ。

田中さんは、

「食べたくない。病院の食事がまずくなって」

とぼそっと言ったのだそうである。

「あそこの食事は病院食としてはかなりいい方なのよ。特に元日は特別メニューで盛り付けもきれいだったし。彼女かなり参っているみたい」

「体力的にかい？　それとも精神的に？」

「両方。今まではしんどくても私がお見舞いに行けば嬉しそうにしたわ。でもあの時はよほどしんどかったのよ」

それを聞いて私も見舞うことにしたのだ。美和子はムール貝のスープをタッパーウエアに入れ、保温カバーに包んで持ってきていた。今度来る時はおいしいスープを持ってくるからと約束したのだという。

一カ月ぶりに会う田中さんはすっかり痩せていた。本人が美和子に、手術すればあとは良くなるはずなのにしんどいばかりだ、ひょっとしたら性質の悪い病気ではないかと訝《いぶか》ったというが、それも当然だと思われた。

それでも、今日は午前中に近所の親しくしている人が三人も来てくれたと彼女は嬉しそうに言った。

病院の玄関に、「患者さんに十分な安静時間を差し上げるために面会時間をお守りください」と書いた案内板が立てかけてあり、そこには面会時間は午後三時から七時まで、となっていた。だいたいどこの病院でも面会時間には午後の時間帯を当てている。午前中、患者は検査や処置を受けているし、昼食後しばらくは安静時間が必要なので、午後三時以降にならなければ、面会時間は取れないのだ。

しかし、年末年始の休み中は自由に面会ができるように配慮がなされていた。

患者は正月を家で過ごしたいと希望する。病院もそれを叶えてやろうとする。だからよほどのことがない限り、この時期に患者が病院に残ることはない。

それだけでも田中さんの病状が進行していることが分かる。

「あの人らとしょうもないことを大きな声で話して疲れましたわ。でも楽しかったわ。私ね、奥さんとはこう見えても緊張して話しているんですよ。あんまりはしたないまねはできしませんしね。もちろん来てもらえることは本当に嬉しいけど」

「お友達たくさん来てくださって良かったわね。やっぱり長いお付き合いの人は気が置けないからいいわよね。ほっとするでしょう。ところでお嬢さんはよく見えるの？」

「娘は元日にも来てくれたんですよ。奥さんと入れ違いくらいに。だいたいは月曜日に来てくれます。定休日やから、あの子の店。でも娘は私のことや病気のこと、どこまで考えているやら分からしません。やはりボーイフレンドの方がいいわなあ。あの年頃なら」

「でも来てくれるってことは、お母さんのこと思っているからじゃないの。感心よ、遊びたい年頃なのに」

「せやなあ、感謝せないかんなあ。うち、あの子に」

田中さんは病室の窓からぼんやりと遠くを眺めていたが、我が子にまつわる次のようなストーリーがあったのだ。

＊

「よし子にはかわいそうなことをしてしまったんです。まだあの子が保育園に行っていた頃、うちらの暮らしはしっちゃかめっちゃかでした。大阪で調理師をしていた主人とは好いた同士で一緒になったんですが、すぐにやや子ができました。主人がよし子と名を付けました。よし子は生まれた時から病気がちでしたが、近所付き合いもなかったので、相談する人もいません。病院に連れていくのが精一杯でした。そんな中、主人は女を作って出ていってしもうたんです。よし子のことにかまけて主人のことを放っておいたうちも悪かったと思います。それでも、うちらのことが気になるのか、たまに主人は帰ってきました。渡されたわずかばかりの生活費で言い争いです。そんなことが二、三年続きました。よし子は時たまやってくる父親を忘れているのか、うちらの怒鳴り合う声を聞いて怯《おび》えてしまい、やっと話し始めたのに、その言葉も出んようになりました。それだけでなく、身体も小刻みに震わすようになったのです。びっくりしてよし子を近くの小児科に連れていきました。そしたら、『小児科では分からん、精神科や』と言われて日赤病院の精神科を紹介されました」

「大変だったのね、田中さん。小さいよし子ちゃんを抱えてそんな苦労をされたなんて知らなかったわ」

「震えてものも言わんようになったよし子を見て、わしのせいじゃない、お前の育て方が悪いからこんなことになったんや、お前の責任や言うて主人は怒り、それ以来ぷっつり来んようになりました。その代わり三カ月ごとに現金書留で生活費は送ってきましたが、とても母子二人が暮らせるお金ではありませんでした。それでよし子を保育園に預けて私が働くことにしたのです」

「ほとんどの男親は生まれた子に何か異常があると、産んだお前が悪いって言うのよ。ところで日赤の先生は何ておっしゃったの？」

「先生が話しかけても、よし子はうちにしがみつくばかりで何も話しません。それでもっぱらうちによし子の状況を聞かはりました」

「それで診断がつくのかしらね」

「何やら聞いたことのない病名を言わはりました。場面何やら病かな、と。場面は場所の意味だとも言わはったと思います。最近話題になり始めた珍しい病気やそうです」

「あなた知ってます？　その病気」

「うーん。場面とドクターが言ったのであれば、場面緘黙症《ばめんかんもくしょう》かな。もちろん僕の専門ではないから詳しいことは分からないが、ドイツで何十年も前に報告されたという症例に似ていることで、日本でも精神科が診ているようですね。この病気は家では普通に話すのに、外では、つまり初めてのところや緊張する場所では言葉が出なくなるのが特徴だと言われているようです。よし子さんの場合は自分の家で言葉が出ないのが気になるけど、安心安全であるべき家庭が、さっき田中さんが言われたような、荒れた環境であれば、そこで場面緘黙症の症状が出ても不思議ではないですね」

「そうでした。今、先生が言わはったようなことを日赤の先生も言わはりました」

「それで治療はうまくいったの、よし子さん？」

「いいえ、大変でした。手の震えは主人が出ていってからはぴたっと止まりましたが、小学校では二、三人の同級生以外ほとんど話をしなかったようです。でも何とか小学校は卒業できました」

「それは良かったわね。あとは順調に？」

「いいえ、それからが大変でした。中学ではしっかりといじめられたんです。先輩に挨拶せんと上級生に怒鳴られたり、小突かれたりしたようです。あの子は挨拶できへんでしょう。だって場面緘黙の病気があるんやから」

「先生は助け舟を出してくれなかったの？」

「それが全然。『まあ仲良くやんなさい』と先生の前でよし子と先輩に握手させたきりだったようです。それでもよし子は私に似ず、そんなに頭の悪い子ではないので、出席日数はぎりぎりでしたが中学は卒業できました。まあ義務教育ですさかい、学校でも何とか出てもらわんと困るでしょうけど」

「でもよし子さん頑張って勉強したのね。偉いわ」

「奥さんは不思議な人やね。驚くわ。いや不思議というのは変な意味と違います。ほかの人と違うのです。どうしてそんなに褒《ほ》められるんやろう。私もよし子も褒められたし。うちら今まで一度だって褒められたことなかった」

「別に褒めるつもりはないわよ。お二人とも一生懸命生きているのが分かるからそう言うのよ」

「お世辞でもうち嬉しいわ」。田中さんは涙声でそう言った。

「でも奥さん、よし子、高校に入ってから大変だったの」

「どうして？　小学校も中学校も何とか切り抜けてきたじゃありませんか」

「よし子は学校には行くんですが、ある日担任の先生から電話が来ました。『よし子君は教室半分、保健室半分です。授業中に頭痛や吐き気がすると言っては保健室に行きベッドで寝ています』って。それでも学校に行ってさえくれれば、一応出席扱いにしてくれますからいいんですが。でも保健室の養護教員の先生がすごくいい人でした。よし子に聞くと、その先生は、『良くなるまでここでゆっくりしていてもいいのよ』、と言わはったそうです。決して早く教室に戻りなさいとは言わはらへんかったのです」

「その養護の先生、すばらしい先生ね」

「また奥さんに一人褒められた」

田中さんに笑顔が戻ったが、直ぐ真顔になり、

「高校生になればもうおとなですよね、体つきも立派な女です。そのよし子が問題を起こしたのです。家でもテレビを見たり、ゲームをしたりの時間が余りにも長いので、少しは勉強しなさい、将来の仕事のことも考えておかんとだめ、と少しきつく言ったのです。そうしたら、黙って自分の部屋にこもってしまいました。でも翌朝、いつものように起きてきて、食事も済ませ学校に行ったので安心したのですが、夕方になっても帰ってこないのです。繁華街のどこかでもふらついているのかと、探しに行きましたが、見当たりません。駅にも行ってみました。よく駅の階段にたむろしたり、階段を下りた広場でスケート・ボードをする若者がいますから。そこにもいませんでした。私は心配になり、学校から渡された連絡簿で担任の先生に電話をかけました。先生は、自分も今から探しに行くから、と言ってくださいました。もしかしたらよし子が家に帰ってきているかと、祈る気持ちで戻りましたが、だめでした」

「でもよし子さん、結局、心配なかったじゃありませんか」

「それはそうですが、私の力ではなかったのです」

田中さんは、涙声でこう言った。

「十二時を過ぎた頃、電話が鳴りました。養護教員の晴山《はるやま》先生でした。『田中さん、よし子さんは元気です。ご安心ください。今私の家にいます。よし子さんも私も疲れたので、今日は私の家に泊まってもらいます。お母様も淋しいでしょうが我慢してください。よし子さんがあまりよく喋るので私びっくりしています。保健室でも話はしてくれましたが、まさかこんなに喋るなんて思いもしませんでした。あの、担任の先生から私に緊急連絡網を使って電話をしてきたのです。『よし子君がいちばん懐《なつ》いている君に任せる。よろしく』って」

「養護の先生、女性でしょう。肝の据わった方ね。でも女性にこの言葉使うかしら」

「『肝っ玉母さん』って言葉があるからいいんと違いますか。テレビドラマがありましたよ。部屋の真ん中にでーんと座ってはった、その人。うち、よし子を連れて先生のアパートにお礼に行きました。晴山先生に会ってびっくりしました。細面《ほそおもて》の小柄な、そうそう女優の八千草《やちぐさ》薫《かおる》さんのような人でした。それで気付いたんですが、奥さんに似ていました。奥さん、そう言われたことありませんか。八千草薫にそっくりやって」

「さあ、昔のことで忘れたわ」

「あとになってよし子から聞いたんですが、晴山先生は駅から少し離れた薄暗い公園にいたよし子を見つけたのやそうです。そこで数人の若者に取り囲まれていたよし子を見つけ、連れ出してくれはったのです。晴山先生は翌日も電話をくれました。よし子にとって今が一番大事な時だと思わはったのでしょう。よし子が心の内を全部話してくれるのではないか、よし子の将来を決めるチャンスは今しかないと思わはったのでしょう。それで『田中さん、よし子さんと私、今ドラマを作っているのです。タイトルは〈よし子の夢〉です。養護室では、よし子さんは楽しそうにノートに女性の顔や衣服、花などを描いていました。すごく上手に描けているのです。私はよし子さんに訊ねました。あなた将来何になりたいの？　デザイナー？　それとも画家さん？　そうしたら、まだ決めていない。私授業サボっているし、先生方はいい点付けてくれそうもない、だから高校を中退させられるかもしれない。先のことなんか分からない。だいいち私、人の前では話ができないんです、そう言って大声で泣き出したのです。私は泣き止むまでじっと待っていました。そして、よし子さんに言ったのです。よし子さん。あなた今、人の前では話ができない、ってはっきりと大きな声で言ったじゃないの、さっきから一時間ほどお話ししているけどそのうち四十分はあなたが話していたわ。よーし私、約束する。先生方に落第点を付けさせないように頑張る。だからあなたの高校中退はない。高校が卒業できれば大学にも専門学校にもいける。そこで自分が将来やりたい仕事の勉強をする。それでどう？って』」

「その日もよし子は晴山先生のアパートに泊まりました。その夜、先生と二人でゆっくり話し合った末、よし子は、四年間は長すぎるので大学ではなく専門学校で専門の職業訓練を受けたいと言ったそうです。よし子の夢は美容師になることだったのです」

「晴山先生は本物の教育者ですね。たった三日間でよし子さんの夢のドラマを書き上げてくれたのですね。僕なんか到底およびもしない優れたシナリオ作家ですね」

「先生と奥さんは何やろう。神さんでも教祖でもないし、寄り添い人やね」

「うん、そうなれたらいいけれど。ところで田中さん。あなた、自分の魂《たましい》はどこに行くと思います？」

と私は訊ねてみた。

「え？　何ですか、藪《やぶ》から棒に。死んだあとですか？」

「それもあるけど、一般的に言って、魂の拠《よ》り所《どころ》はあるのかなあ」

「そんなこと分かりません、私には。私、今そんなこと考えている余裕ありませんもの。魂って死んだあと身体から出ていくものでしょう。私まだ死にたくないし、だから魂のことも今のところは考えたくないんです」

「でも、人はいつかは死ぬでしょう。もちろん僕も妻も死にます。人だけでなく犬や猫、今そこで木の葉をがさがささせていた雀だって死ぬんですから」

私は窓の外から見える数本の椎の木に目をやった。もうすでに陽は落ちて木々の緑は灰色のシルエットに変化してしまっていた。

　この病院の敷地には樹齢百年を超える樹木が多数植えられている。この病院が大通りに面しているにもかかわらず、騒音が少なく静かな雰囲気を醸《かも》し出しているのはそのためなのだ。

「それはそうですけど。でも今病気でこうして苦しんでいる私に、先生そんなこと聞かはるんですか」

「ごめんごめん。気を悪くさせてしまって。僕は、病気になっている人こそ、死んだあとのことを真剣に考えているんではないかな、と思ったわけ。あなたからその辺のところを教えてもらいたいんですよ」

「私が先生に教えるですって。そんなこと。でも先生より私の方が上やと言えるのは、私がこうしてベッドで横になっていることかも知れへんですね。だって先生にもできへんことやもん。でも私はまだ死にたくないです。よし子がいるでしょう、私に。あの子はまだお嫁に行ってないから、せめて娘の花嫁姿は見たいねん。ねえ奥さん。ああ、奥さんにはお子さんおられんかったですね。すみません、こんなこと話して」

「いいえ。でも羨《うらや》ましいわ、田中さん。お嬢さんの花嫁姿を想像できるなんて。きっときれいでしょうね。うちなんか殺風景なものよ。主人と二人きりでしょう。主人は仕事人間だから、私は昼間は独りきり。これ日中独居《にっちゅうどっきょ》と言うのかしら。ああ、でもうちにはユキちゃんという娘がいるわね。田中さん、見たことあるでしょう。ユキちゃん」

「ええ、見ましたよ。真っ白な可愛《かわい》い猫。奥さんの膝の上か、ソファで寝ていましたね」

「あの子が私の可愛い娘なの。でも人間ではないから心が通い合っているかと言えばそれは無理よね。それに比べれば田中さんは幸せよ。お嬢さんとどんなことでも話しているんでしょう。お嬢さんの晴れ姿見たいんだったら早く元気にならなければ」

それには答えず、

「奥さんと先生、面白いカップルやなと思っているんです。奥さんは優しさの塊《かたまり》。先生はまじめの塊」

と言い始めた。さらに、

「全く別のようなんやけど、でも何かピッタリ合わさっているみたいで不思議やなーって。先生はいきなり『魂はあるか』でしょう。奥さんは娘の晴れ姿でしょう。そう、うちも頑張って体力つけます。よし子の花嫁姿を見んなりませんから」

「そうよ、その心意気よ。これ、スープよ。ムール貝のスープなの。新鮮なムール貝が手に入ったので朝からずーっと煮込んでいたのよ。あっさりしていてあなたのお口に合うと思うけど」

田中さんは上半身を起こしたギャッチベッド（背凭《もた》れベッド）に背中を凭れさせていたが、

九〇度向きを変えてマットに腰掛けるように座り直した。そして床頭台のスープ皿に手を合わせたあと、痩せ細った手を伸ばしてスプーンを持ち、ゆっくりと口へ運んだ。

「おいしいわ、このスープ。インスタントとは全然違うわ。先生は幸せやね、こんなおいしいものいつも食べられて」

「主人は、いつも帰りが遅いの。疲れ切って帰ってきて食欲もないし、せっかく私が作っても食べないことが多いのよ」

「それに、僕は糖尿病があるから、夜遅くはあまり食べないようにしているんですよ」

「ええー、先生、糖尿病？　全然知らんかった。そんなふうには見えませんけど」

「そう見えなくたって、病気は病気。僕は一日三回、朝、昼、晩と薬を飲んでいるんですよ」

「私、先生に親しみを感じるわ。お互い病気持ちという関係ができたから。それで先生は病人だから魂のこと考えてはるの」

「いやそれが……」

「そうでしょう。先生ずるいわ。自分が答え出してへんのに、うちにそれを言えなんて。それじゃ、宿題ということにしませんか。この次までに魂はあるのか、うちら死んだらどこに行くのか考えてくること」

別に初めからこうと決めていたわけではなかったが、田中さんは自分から考えると言った。私は、この先けわしい茨《いばら》の道を歩む彼女のことを考えると暗澹《あんたん》たる思いがした。彼女の特異体質が生み出す鋭い牙《きば》は、今後も次々と彼女の身体に突き刺さってくるだろう。彼女の肉体の痛みを和らげることができるのは鎮痛剤であり、おそらく最終的には麻薬に頼らざるを得ないであろうが、もし彼女に心の平安が生まれたならば、それも彼女をサポートしてくれるに違いないと思った。心のやすらぎはどうしたら得られるのであろう。すぐにはいい考えが思いつかない。

*

私たちはまた来週訪問する約束をして病院を出た。正月休みが終わる日の夕方、東大路通も四条通も渋滞し始めていた。

「田中さん、信仰は持たないかな。でももうあそこまで病気が進行していると、宗教を受け入れる気持ちにはなれないかも知れないね。ちょっと時期が遅すぎた」

「私は、無理だと思うわ。そんなことをこちらから言い出したら、変に身構えてしまうわ。そんなに病気が重いのかって」

「汝《なんじ》の若き日に汝の創り主を覚えよ、か。これは真理かも知れんな。田中さんは本当の病名も知らずにずーっと最後まで行くわけか」

「周りの者からすれば、本当の病名を知らせずに最後まで世話をするということよ。私はそれが今のあの人には一番いいと思う。初めは、お互いに病気を知った上で、あの人が病気と闘うのを支えてあげようと思ったから、お見舞いに行くたびにいろいろ試したの」

「試した？　どんなふうに？」

「私たちが行っている教会、なかなか面白いわよ、から始まって」

「面白い？」

「初めはそれしか言いようがないわよ」

「それで田中さんは何て？」

「教会が何で面白いんですか、あんな殺風景なところ、って言ったわ」

「そりゃそうだろう。それに今や教会は年寄りのサロンと化しているからな」

「あら、私たちだってその年寄りの部類よ。田中さんに殺風景なところって言われたんで、私困って、とっさに以前行っていたカトリック教会の出来事を話してあげたの」

「どんな？」

「日曜のミサが始まると、必ず教会の玄関の前の石段に座って大声で叫ぶ人がいたの。酔っ払いなのよ。手にお酒の瓶を持って、もうすでにぐでんぐでんに酔っぱらっているのに、まだ飲むのよ。石段の上で。これ見よがしに。そして何か言っているんだけど全然意味が分からないの。もう、ろれつが回らないものだから。でも信者さんは別に迷惑がるわけでもなく、その人の横を通って教会に入っていくの。時々『おーい、水くれ、水！』なんて叫んでいたわ。信者さんが急いでコップに水を入れて持っていくと、がぶっと飲んで、『何だ、これ水じゃねえか。おれの水は酒だ』なんてわけの分からないことを叫ぶの。お御堂《みどう》の中まで声が聞こえてくることもあったわ」

「迷惑な話だな。でも教会は何ともできない。迷える子ひつじを救うのが教会だからな」

「あの人、子ひつじなんてものではなかったわ。髭《ひげ》は伸び放題で顔も手足も真っ黒、垢《あか》だらけよ。まるで熊よ。一カ月経っても二カ月経っても同じなの。『水くれ水。おれの水は酒だ』の繰り返しよ。不思議なことに日曜日以外にはその人来ないのよ、教会に。その意味では熱心な信者よ、その人。ふだんはどこに寝泊まりしていたのかしら」

「神が呼んだんだな、その人を。あるいは神を呼んだのかも知れない、その人が」

「神を呼んだ、ですって？　どういう意味？」

「彼が変化していくようすをしっかり見なさい、と信者に命ずるために神がその教会に彼を連れてきたのかも知れないな」

「そうなのよ。三カ月経った頃教会に行ったらその酔っ払いさんの姿が見えないの。あら、どうしたのかしらと思いながら、教会のドアを開けたら、いるのよ、その人が。中待合みたいになっているところの床に座り込んでいるの。相変わらずお酒の瓶を手にして、時々飲んでいたわ。黙って飲んでいるの。今までと違ったところは、ミサが始まっても大声も出さずに中待合に座り込んだままでいたこと」

「そのまま、また二、三カ月か。カトリックは気が長いな」

私は悪態をついた。

「そう。それからしばらくしたら、今度はお御堂の後ろの方の椅子に座っていたわ。もう酒瓶は手にしていないのよ。信者は皆、感謝の祈りを捧げたわ。神様ありがとうございます。あの方をお連れくださって、と」

「ふーん。それで信者になったのか、その人。いや待てよ、ひょっとしたら神が彼の姿で現れたんじゃないか、その教会に」

「分からない。あとどうなったか。私こっちに移ってきたから。でもいいのよ、そんなこと。だってあなたが言うように、もしかしたらその人自身、神様だったかも知れないもの」

「なるほど。イエスは言ってるよな、『この小さき者にしたことは、私にしたことである』って」

「だから、田中さんが、教会が何で面白いのか、って聞いてきた時、私はそれを思い出して話してあげたの」

「彼女はどう反応した？」

「こう言ったわ。『その男の人、私みたいにお腹を何回も切ってないでしょう。お酒飲めるだけ元気だったのと違う』って」

「なるほど。鋭い反撃だな。それで君は何て答えたの？」

「その人はお酒ばかり飲んでいて、満足に食事をしていないから身体がぼろぼろだったわ。顔も土色をしていたから肝臓もやられていたに違いないわ。もう間一髪のところで助かったのよ。条件はあなたと一緒よ。いいえ、あなたの方がいいかも知れないわって」

「でも田中さんは、今自分の病気のことで頭がいっぱいで、とてもほかのことを考える余裕はないと思うよ」

「そうなの。でも『ありがとう。私も考えてみる。奥さんが私に何を言いたいのか』って言ってくれたわ」


田中さんがそのあと、私や美和子の思いをどのように捉えようとしたかは分からない。病気は新たな展開を見せたのである。

第三章　ひつじの縫いぐるみ

四つ葉病院の和田医師から私の教授室にまた電話が入った。

「先生、田中さんのことでお伝えします。新たな病気が見つかったのです。肺ガンです」

「肺ガン？」

私は叫び声をあげた。

「一体どうなっているんです。彼女の身体は？」

「全くです。先日、咳《せき》が出て止まらない、と言い出したのです。抗生物質もたくさん使いましたから、それで肺にカンジダ（かびの一種）でも生えたかと、胸のレントゲン写真を撮ったところ、肺炎の所見ではなく、腫瘍性病変が見つかったのです」

「そのガンは、腸からの転移ではないのですね？」

「違うと思います。たまにはありますが、一般的にはそんな転移の形態は取りませんから」

――これじゃダブル・キャンサーどころかトリプル・キャンサーではないか。いや専門的にはマルチプル・キャンサー、多重ガンと言うんだろうな。このあとどれだけガンがあちこちにできていくのだろう。


「本当にお気の毒ですね、田中さん」

「問題は新たな病気をどうあの方に説明するかなんです、先生。病気の性質上、前のとは違って今度のは症状がかなりはっきりしますし、また苦痛が強くなります」

「呼吸困難ですね」

「そうです。しかしそこまではいかなくても、咳は出るし、少し動いてもしんどくなるし、本人も一体どうしたことか、と訝しく思うでしょう」

「何か方法はありませんか？」

「手術はできません。呼吸器内科と呼吸器外科に相談した結果、そういうことになりました。もちろん肺ガンは私の専門外ですから、呼吸器内科に任せることにしました」

「今度も田中さんに病名は伝えてはいないんでしょう？」

「もちろんです。田中さんに病名を教えることができないのです。本当はきちっとした形でやりたいんですけれど。呼吸器内科の先生も弱り果てていました。彼女を呼吸器内科の外来に出すたびに、『先生の処方してくれた薬、何で咳が一向に止まらんのですか、もっとましな薬出してください』と言われるそうです」
「呼吸器内科でも肺炎で押し通すのですね」
「そうせざるを得ないと思います。ところで先生には申し訳ないのですが、もしお時間があれば、彼女を見舞ってもらいたいのです。そして、それとなく今度の病気も腸の病気と同じようなものだ、それについてははっきりした病名を知った上で、医者や看護師と一緒に病気と闘ってはどうか、と説得してほしいのです」

——そんなこと、無理だ。今まで何回かそのことでは彼女と話し合った。でも結局は彼女を説得することはできなかった。

和田医師はおそらく困り果てた末、私に頼み込んでいるのであろう。そう思うと、断る勇気が湧いてこなかった。そして私は近いうちに田中さんを見舞って、何とか先生の意向を分かってもらえるように努力しようと約束をした。

しかし大学は入試のシーズンに入り、しかも私は入試委員になったことから公務が増え、和田医師との約束が果たせないまま二週間が過ぎた。そうは言っても美和子は二、三日おきに彼女を見舞っていたので、おおよその経過は把握していた。それによると、美和子が病室にいるあいだ、彼女はひっきりなしに咳をしていた。最近はベッドを半分起こした位置にして、それに寄りかかるようにしないと夜は眠ることができないとのことであった。午後九時の巡回時に看護師がベッドのハンドルを回して半坐位《はんざい》にするのだそうである。その姿勢の方が肺にかかる負担が少ないので呼吸がしやすいのだ。

「お昼に病院に行ってきたの。そうしたらモーター付きの注射が始まっていたわ」

夜遅く帰ってきた私に美和子が言った。細いビニールチューブが胸のところから差し込まれ、それを介して何日も連続で点滴がされるようになったのである。咳が邪魔をして食事が摂れない、咳を止めようと咳止めの薬を飲むと食欲が減る。強制的に栄養補給をするにはこのような持続点滴静注しか方法がなかったからである。

美和子を見るなり、「奥さん、こないにしてもろうても息が苦しい……。私どないしたらいいんやろう」と田中さんはかすれた声で泣いたというのだ。

＊

三月初旬の日曜日の夕方、美和子と一緒に田中さんを見舞った。このところ暖かな日が続いていたのに、この日は一転して朝から小雪がちらついていた。京都では珍しい天気になってしまった。フロントガラスに向かってぶつかってくる白い小片をワイパーで振り払いながら、私はゆっくりと車を病院の駐車場に進めた。

　夕方からいっそう冷え込みが強くなり、道路の凍結も予想されるから注意せよという天気予報のせいか、駐車場には数台の車が置かれているだけであった。

　私たちは病院の玄関近くに車を停め、コートの襟《えり》を立て小走りで病院に走り込んだ。

　美和子の言う通り、田中さんはベッドで身体を半分起こした姿勢で座っていた。彼女の顔は薄青色のプラスチック製のマスクで覆われていた。そのマスクは細い透明チューブを介して壁面の酸素供給装置であるガラス瓶と繋がっていた。ガラス瓶はその中でしきりにバブルを吐き出していたが、瓶から上に突き出た透明の筒の中に浮いている銀色の球の位置から一分間に六リットルの酸素が流れていることが分かった。彼女は前に会った時よりさらに痩せたように見えた。

「先生、来てくれはったの。おおきに。奥さんには、いつも来てもろうて、堪忍なあ。それに誕生日の祝いまでしてもろうて」

　マスクをしたままかすれた声で田中さんは言った。彼女の途切れ途切れの会話が私を驚かせた。これまでの彼女の話し方とは一変していた。短い言葉をゆっくりと繋ぎ合わせるような話し方になっていたし、話をするたびに肩を上下させなければならなかった。狭い床頭台の上に美和子の書いた誕生日カードが置いてあった。カードの横には小さなひつじの縫いぐるみが置いてあったが、その首には札がぶら下げてあった。それには、「おかあちゃんお誕生日おめでとう。私、先生からパーマかけていい言われたさかい、おかあちゃんうちの店でかけてあげる。はやく良うなってね。よし子」と書いてあった。娘のプレゼントであった。ひつじの頭にはもじゃもじゃの毛糸が載せてあった。娘が貼り付けたのであろう。田中さんはガンの治療中に、この病院で四十七歳になったのである。二月十一日の誕生日が来る前に退院する予定であったのに、肺ガンが見つかったのでそれが不可能になっていた。

「最近は暇なんですよ、田中さん。入学試験も済んで、合格発表も終わったし、学会もないんです。どうなさったんです。肺が具合悪くなったんですって？」

と、私は切り出した。

「暇だなんて、先生、そんな、私のこと、思って、嘘つかんかて、よろし。奥さんから、聞いてます。いくらおいしい夕食、作ったかて、しょうもない、主人の、帰りが遅いからって、奥さん、言うてはりました。でも、来てくれはって、嬉しいです。ええ、今度は、肺炎です。我ながら、情けなく、なりますわ。泣きたいくらい、です。何でこう、次から次に」

「分かりますよ、田中さん。泣きたいくらいでしょうね。私もあなたの今度のことを和田先生からお聞きして、泣きたい思いです」

田中さんは、およそ一分ごとに激しい咳をした。ベッドの傍《かたわ》らにティッシュペーパーを置いてひっきりなしにそれをつまみ出し、唾液や痰《たん》を取っていた。私は話題を変えようと思った。こちらから一方的に話しかけてやろう、そうすれば彼女は聞く立場になるから、肩で息を切って話をする必要はなくなる。それだけ楽になるはずだ。

「このひつじの縫いぐるみ、可愛いですね。お嬢さんが作ったのですね。それにこのカードに書かれている言葉はいいですね。お嬢さん、なかなかの詩人ですね」

田中さんは咳を二つ、三つしたあと声を絞り出そうとした。これはいかん、カウンターパンチを浴びせなければ彼女はまた話し始めるに違いない。

「お嬢さん、美容師の仕事、だいぶ腕が上がったのですね。私はこの方面は疎《うと》いからよく分からないけれど、パーマかけることができるようになったみたいですね。お店の責任者の美容師さんがオーケーを出してくれたようですね。それでお母さんをきれいにと思ったのでしょう。このひつじの頭がもじゃもじゃになっているのはパーマをかける前の田中さんですね」

「このひつじが、私です。これ、パーマかける、前でなく、パーマかけた、私です。娘が、そう言うて、ました」

「それはそれは。すまないことを言いましたね。私は女性の髪形などさっぱり分からないもので。よく見れば確かにこのひつじはモダンな顔をしていますね」

慌《あわ》てて私は言いつくろった。

「最近の、流行は、私にも、よう、分からしません。あの子は、パーマ、かけてあげる、言うてくれたけど、もう無理です。髪の毛は、もじゃもじゃ、どころか、今では、抜けて、一本もないように、なってしまいました」

そう言って田中さんは痩せ細った両手で、被っていた毛糸の帽子を脱いだ。その帽子をベッドに置くと両手で顔を覆い、声を立てて泣いた。指の隙間から涙が流れ落ちた。抗ガン剤の副作用で毛髪の抜け落ちてしまったつるつるの頭皮に青色の血管が浮き出ていた。それは耳の前から数本に枝分かれしながら頭頂部に向かって走っていた。誰も無言であった。二、三分も静かな嗚咽が続いたであろうか、田中さんは顔を上げた。美和子が差し出すティッシュペーパーで涙をぬぐったあと、

「すみません。よし子が、かわいそうに、思えて。先生、抗生物質って、だいたいの、病気に、効くもんでしょう。私の肺炎、何で、効かへんのやろ。最近、抗生物質に、効かない、黴菌が出たって、新聞に、載ってたのを、思い出したけど、私の、それやろか」

「確かに抗生物質は黴菌をやっつける薬なんですが、あなたのはひょっとしたら薬に強い菌なのかも知れませんね」

私も、彼女に対して最後まで嘘をつき通すグループの仲間入りをしたのである。

「呼吸器の先生も、頼りないわ。先生、この咳、止めてくださいい、夜も、眠れしません。そうきつく、言うたんですけど、『おかしいな、まだ効かんか』ですよ。それで、薬が一つ、加わったんですけど、何も、変わらしません。先生、私の病気、何なんやろう。誤診と、違うんやろうか」

「和田先生は何て言っておられるの？」

「先生、最近、あまり、私のところに、来はらへんのです」

「どうして？」

「社長と、喧嘩《けんか》しはったんと、違いますやろか。社長が、先日、えらい赤い顔して、ここに、来はったんです。そして『あんたの、医者に、言うてきてやった』と言わはったんです」

「何を言ったんでしょうね、社長さん」

「分かりません。私も、聞かんかったし、和田先生も、そのことは、何も」

「あなたの病気のことでしょうかね」

「きっと、そうやと思います」

美和子は彼女の背中をさすりながら、

「社長さん、あなたのことで一生懸命なのよ。あなたがこれまで仕事を頑張ってやってこられたから。それに感謝して、何とかそれに応えてあげようとして、早く治してやってくれと主治医の先生に頼みに行ったんじゃないかしら」

「あの社長、気が短いところあるから。それに社長は、私に感謝、しているんやない、と思います。行きがかり上、せんならんのや、と思います。まあいろいろ、ありましたから、私らには。感謝なら、奥さんや先生に、私、本当に感謝、しています。私、悪人やね。こんなに、親切にして、くれはった、奥さんや、先生に。今まで私、人の親切なんて、感じたこと、なかったから。奥さんに、会って、ほんまに、びっくりや」

「田中さん、私たちは神様を裏切っているから。だから皆、悪人なのよ。分かったわ。もういいわ。ありがとう。これ以上話をしない方がいいわ。あなた息苦しそうだもの。ちょっと休みましょう」

「いいえ、大丈夫です。うち、今言うといた方が、いいと、思うてます。そうでないと、うち、うち」

　そう言って彼女はまた激しく咳き込んだ。およそ一分間、ほとんど顔が青くなるまで咳き込んでいたが、一段落ついた頃、

「うち、考えがあって、先生と、奥さんに、近づいたんです。でももうよろしいなあ、ここまで、来てしもうたし。堪忍して、ください」

「分かったわ。もういいわ、やめてちょうだい」

美和子は半ば強引に田中さんの途切れ途切れの会話を押しとどめてしまった。

（田中清子の独白）

何でこんなにしんどいんやろう。もうしんどいを通り越してすーっと身体が落ち込んでいくような気持ちや。空気も薄いような感じがするし。ひょっとしたら、ガンと違うやろうか。和田先生に訊いてみたい気もするし、訊きたくない気もするし。

でも和田先生が、「そうです。あなたの病気はガンです」と言われたらどないしたらいいんやろう。ガンだと、いくらいい治療ができるようになったといっても悲惨や。そうなったらどないしたらいいか分からへん。誰も支えてくれはらへんやろうな。父ちゃんもあんな状態やし。兄かて、もう近寄るな言うてるし。あの奥さんはどうやろ。最後まで私に付き合ってくれるのやろか。えらい熱心に来てくれはるけど何故《なぜ》やろう。

それにしても奥さんも先生もほんまに世間知らずやなあ。私とは何の関係もないんやから、構ってくれへんでも当たり前なんやけど、よう世話してくれはるわ。このまま甘えさせてもろうてもいいんやろうか。しゃあないな。あの人たちしかおらへんし。親身に世話してくれる人おらんのやもの。いいわなあ。

さっき思わず「私は悪人や」「考えがあって先生らに近づいた」と言うてしもうたけど、あの人ら全然気いつかへんかった。「そうよ、私たちは皆悪人よ」って奥さんは言うてはったけど、何のことやろう。神さんの前では皆悪人って、慰めるようなこと言わはったけど、全然分かってへん。私のはそんなんのと違う。最初にあの家に行ったんは、ちゃんとした考えがあったからや。魂胆《こんたん》やね。会社に行く途中にあの家があったんやけど、あそこ長いあいだ空家《あきや》になっていて、誰も住んでへんかった。もったいないなあ、あんな大きな屋敷空けたままにして。持ち主誰やろ、使わへんのやったら処分したらいい金になるし、それをこっちで仲介させてもらえばこっちも手数料入っていい目が見られるし、持ち主が分かれば話をつけて何とか商売に持っていけんやろうかといつも思っていたわけや。結構土地も広いから、あれをそのまま売ろうとしてもきょう日《び》そんなことはできしません。バブルの頃なら広告出した翌日には引き合いがぎょうさんあって、いい値で捌《さば》けたけど、そんなんもう期待できしません。あそこならむしろ更地にして分割して売れば、客は十分に付くはずやと読んでいたわけ。

そう思っていたらいつの間にか大工が入って、何やあちこち直しているなあと思ったら、先生らが入ってきはったんや。もちろん初めは大学の先生一家だなんて分からしません。それで一体どんな人が入らはったんかと思って訪ねたのが最初や。私らプロから見れば何とも頼りない人たちで、純粋と言えば聞こえがいいけど世間知らずやね。何だかんだ理屈つけて行かしてもろうて世間話しているうち、奥さんは先生の健康を心配していることが分かったんや。朝早く出て、夜遅く帰るから心配や言わはるんや。できれば大学の近くに住みたいって、ぽろっと言わはった。

社長にそのことを報告したら、「その物件、喰らい付いて放さんときや」、そして「そこを処分して、その金で大学の近くに土地を買わせる段取り考えてみ」と言わはったわ。うち社長の気持ちはよう分かる。

バブルがはじけて何年になるやろ。不動産売買の動きはぱったり止まったまま。うちらのような会社はもう火の車や。銀行に融資の申込みに行ってもけんもほろろの応対や。それどころか貸した金、早《は》よ返せの矢の催促。背に腹は代えられんと、街金《まちきん》さんから借金したことあるけど、これはすごかった。銀行は言葉だけの矢の催促やったけど、街金は怖い兄さんが三人もやってきて本物の矢や鉄砲玉が飛んできてもおかしくない催促やったわ。社長はすっかりびびってしもうて居留守を使《つこ》うたり、時にはほんまにどこかに雲隠れしたり大変やったわ。私の給料も滞りがちになってきたし。

そんな時やから、何かと口実つけて先生のところに行かしてもろうたけど、話をしていて、何や違う世界に行った気がしたわ。うちら騙《だま》したり騙されたりの世界やったから。ちょっとでも油断したら足掬《すく》われるし、掬った方が偉くて、掬われた方がアホの世界やろ。

ところがどうや、あの先生たちには全くそんな意識はあらしません。だいいち、掬うやら掬われるやら言っても「それ何？」やろうね。騙そうとすれば赤子の手を捻《ひね》るより簡単な気がするわ。まあ、仕事もばったり途絶えて暇なこともあったし、会社からも近かったお屋敷やから、そのあともよくお邪魔させてもろうても奥さんはいやな顔一つせんと相手してくれはった。あの人、人を差別するという感覚がないんやね。

奥さんは今住んでいるところは便利でいいところや言わはったけど、確かにその通りやと思うわ。バス停までは五分くらいやし、スーパーはバス停のすぐ傍《そば》やしね。バスに乗れば四条の繁華街までは二十分、京都駅まで三十分。これ不動産屋の広告と違うよ。正真正銘《しょうしんしょうめい》の時間やからこれも便利。

別にどうしても今住んでいる家を出ていかんならん、というわけやないから奥さんはこちらの持っていった物件にぱっと飛びつくというわけではあらしません。

でもバブルがはじけてにっちもさっちもいかなくなった中小企業のオーナーの家などが出ることがあったから、車に乗せて案内させてもろうたこともあったわなあ。

あの家は今思っても不思議な物件やったね。間口が三間《けん》くらいの末広がりの土地に建った吉田山の麓《ふもと》の家。あの土地は上り勾配《こうばい》やったね。通りに面した土地にはガレージとその横にがっしりした玄関と比較的広い上がり框《かまち》しかあらしません。そこから階段状に上っていくと、平たい敷地に日本風の庭園と二十畳くらいの和室、その部屋の奥にまた階段があって、それを上っていくと広いテラス状になった土地に、キッチンやら寝室やら子ども部屋、まあそこが主な生活空間というけったいな家やったねえ。さらに上に行く階段が数段あって最後は三方がガラス張りのバーになっていたわ。まあ、金にあかせて建てたんやろうけど、そんなに金あるなら、何でもっと平らな土地を買うて建てへんかったんやろうと思ったわ。

奥さんは登り降りにふぅふぅ言わはって、「もし私がこの家を買ったなら、全部の部屋を完全に使えるのは最初の一、二年間ね。上から順番に閉めてきて十年後には玄関住まいよ」ですって。よっぽど身体に自信のある人しか住めへん家やったねえ。帰りの車の中で、奥さんがあの家を「登り窯のような家ね」と言わはったわ。ほんまに、その通りやね。「登り窯」、うまく言えてる。

先生のお家に行かせてもらっているうちに、父ちゃんだけでなく私自身が病気になってしもうたので、商売どころではあらへん。ただ社長は、社長だから仕方がないと言えばそうやけど、そこから何か引き出せないかとしきりに言わはったわ。

うちの社長は要するに、どんな手を使うてもいい、鴨川寄りの土地を探してくる。それを先生に見せて気に入るなら手付を打たせる。代金は今住んでいるのを誰かに売りつけてその金を充てる。うちが扱えば両方から手数料を取れる。往復二重の儲けや。それで社長もハッスルしたわけ。うちもそんな下心で近づいたのは確かやけど、うち自身が厄介な病気になってしもうて。今もこうして入院してるけど、だんだん身体があかんようになってきているから、いくら社長の指示でも、もう仕事はできへんやろうな。

社長は商売がさっぱりできんような状況で困っていはるけど、もっと困るのはうちの入院であの方の処理ができんことやないやろか。社長は昔から女癖が悪いのでそれが原因で奥さんとはうまくいってへんかったけど。そうそう、社長の奥さん十年くらい前に軽い脳卒中にならはってから全然セックスはできんようになってしまったようや。それで私がその役をずっと引き受けてきたから、私が入院してしまって社長は困っていると思うわ。セックス・パートナーって言うの、それがいなくなったから。でもあの社長のことやからどこかそんな女の子のいる店に行って適当に処理しているとは思うけど。

私は月に二、三回ホテルで社長の相手をしたんやけど、社長はただうちを抱くだけでなく、その時でも商売の指示をしていたから、セックス料を私に払う一方、ちゃんと元を取り返していることになるわ。ちゃっかりしてはるわ。

うちと社長との関係が社長の奥さんにバレた時はほんまに大変やった。もう七、八年以上も前のことやけど、うちのアパートに怒鳴り込んでくるわ、傍にあった物は手当たり次第に投げつけるわで大騒ぎや。ヒステリーやね、あの女《ひと》。事情知らないアパートの人たちが警察に電話したもんやから、パトカーは来る、人だかりはできる、奥さんは大声でうちらのことバラすわではんまにかっこ悪かったわ。警官《おまわり》は、ニヤニヤ笑いながら、怪我《けが》した人いませんな、これ民事やさかいと帰ってしまうし。社長の奥さん、うちの実家にも怒鳴り込みに行ったさかい、実家からも縁を切られてしもうたし。堅いだけが取《と》り柄《え》の実家やから、それは怒ったわ。父が脳卒中になったのはお前のことで血圧が上がってそれでなったんやと兄には叱られ、もう家の敷居は跨《また》ぐなと言われてしもうた。そやから、うちがこんな病気になって三回も手術してるのに、誰も見舞いに来いひんのや。先生の奥さんに、実家とは絶縁状態やから、とぼかしておいたけど、そういう事情。

とにかく社長は先生のあの土地にえらいご執心で、何とかあそこを落とせんかとホテルでうちを抱きながらもそのことばかり考えていたなあ。ほんまのプロやね、セックスも商売の方も。さすがに私は、父の病気のことで世話になったし、この私にまで親身になって相談に乗ってくれたので、そんな阿漕《あこぎ》なことはできへんと言うたら、「あほ、それとこれとは別や、医者は病気のことが専門やさかい、ちょっと医学知識を使えばそれで飯は食える。うちらはそうはいかん。もう会社も潰れかかってんやで。きれいごと言うとられへん」と、こうや。

それで板ばさみになって困っていたんやけど、病気になってしもうて。それにしても先生や奥さんは私らのやり口に気付いてへんのやろうか。気付くような人たちではないなあ。

＊

次の日曜日にも私と美和子は田中さんを見舞った。わずか一週間しか経っていないのに、頬がげっそりと痩せ、凄惨《せいさん》な顔つきになっていた。美和子の持参したスープをちらっと見たままで、いつものような嬉しそうな表情は見せなかった。それでも咳き込みながら話そうとする田中さんを見かねて美和子は言った。

「分かったわ。ありがとう、田中さん。あなたの気持ちは分かっています。今咳で苦しいでしょう。すこし治まるまで、私お花の水替えしたり、コップを洗ったりしますから、ちょっとお話を休みましょう」。しかし田中さんは弱々しく右手を振ってなおも話を続けた。

「大丈夫です。私、話したいんです。私、人なんか、皆自分のことしか、考えんものやと思っていたんです。奥さんや、先生に出会って、そうやない、損得だけで、動いていない人も、いてはるんやって、初めて気イついたんです。私、奥さんや先生と、知り合いに、知り合いにさせてもろうて、本当に嬉しいわ」

田中さんは半分起こしてもらったベッドに寄りかかっていたが、前のめりに身をよじるようにして激しく嗚咽を始めた。それに応じるかのように咳も激しさを増した。ティッシュペーパーを何枚も取り出し涙を拭いた。美和子が田中さんの背中を叩きながら前のめりの彼女を抱き起こした。

「いいのよ、田中さん。お互い様なのよ。その代わり私が具合悪くなれば、あなたが助けてくれるでしょう」

「私、奥さんや先生に、なんぼでも、ほんまになんぼでもしてあげたいと、思うけど、もうそれは無理なような、気がするわ」

話すたびに激しい咳が彼女を襲った。続けて十回ほど咳き込んで、顔も赤紫に変わると同時にやや膨らみを増してきた。首の血管も太く浮き出てきた。これはいかん、脳圧が上がる、脳圧が上がれば血圧も上がる。脳出血を起こしかねない。私は両手で田中さんの話を遮《さえぎ》った。その直後、田中さんのせり上がっていた肩が抜けるようになって咳が止まった。速かった呼吸もゆっくりになった。

五分ほど経った頃、田中さんは小さな声で話し始めた。

「これだけは、どうしても、お話しせん、ならんのです。そうでないと私」

そう言って田中さんは再び激しく咳き込んだあと沈黙した。

「田中さん」

と美和子は話しかけた。薄く目を瞑《つむ》っていた田中さんは目を開けて、半ば微笑《ほほえ》むような顔を見せて言った。

「私あくにんなんです」

「あくにん？」

美和子が訊ねた。

「ええ、あくにん、悪い人間のあくにん」

「どうして、田中さんが悪人なの。そんなはずないでしょう」

「いえ。悪人、大悪人です。私は」

「あなたがそう言うなら、みんな悪人よ。私も、主人も。神様の眼から見れば善人なんかいないわよ。このあいだも田中さんとそんなこと話さなかったかしら」

「そんなんと、違うんです。神様やら出てくる、悪人と。うち、今だから、言うけど、奥さんを堪忍してください。うち、考えがあって、奥さんや先生たちに、近づいたんです。先生の土地で、土地をうまく使って、商売できんやろうか、思うて」

「それはご商売だから、そうでしょう。何もそれで謝ることはないわ」

「先生たち、お人よしやから、気イつかんのです。もうちょっと、あくどいやり方で……。でもこうしてうち、病気になってしもうて。罰あたって、しもうたわ。でも、うち、ここで、寝ていて、決心したんです。これはほんまです、奥さん。こんなに、親身になって、お世話してもろうて、有り難い、何かお返しせんならん、そう考えたんです。そして、よし、ここを退院したら、先生の、先生のお宅を、任せてもらって、いい値段で処分して、大学の近くの、土地を探して、そこに家を建てる、お手伝いを、させてもらおうと、思ったんです。これは商売抜きで、うちの一世一代の、きれいな仕事を、思い出に、残る仕事を、させてもらおうと、思ったんです。うちの社長、怒らはるかも、知れませんが、そんなん、構わしません。これだけは、社長に、逆らってでも。せめてもの、恩返しですから、絶対に、やらせて、もらおうと……」

「そうよ。あなたプロでしょう。そういうことは。あなたにお願いするわ。だからとにかく栄養を摂って、元気になってもらいたいわ」

そう言いながら美和子は泣いていた。田中さんの斜め後ろに立ち、背中をさすりながら泣いていた。美和子は田中さんが生きてこの病院を出ることはないと知って泣いたのだ。それを知りつつ嘘をついたのだ。

＊

病室を出ると、私たちはナースステーションに立ち寄った。主治医の和田医師と田中さんのことで話し合うことになっていたからである。看護師は私たちの顔を見るとすぐに、こちらにどうぞと背後のドアを指さした。ナースステーションの奥に小さな部屋があり、看護師の休憩室に使っているらしかった。医師たちも時々はそこに入り込んでコーヒーなどをご馳走になっているのであろう。特に休日などには手持ち無沙汰の医師が話し相手を求めて来るにはうってつけの場所のようであった。

和田医師はその小部屋で私たちを待っていた。

「初めてお会いします。和田寿夫です。田中さんのことでは何度も電話を差し上げご迷惑をおかけしております。ありがとうございます」

和田医師は立ち上がり深々と頭を下げた。患者との関係性が深くはないのに私たちが関わってくれていることに感謝の気持ちを表したかったのであろう。

「遠藤秀一です。これは私の妻、美和子です。田中さんのことでは何かと大変ですね」

「はい。とにかく、社長とかいう人が強硬に反対しますので、これまでも田中さんに病名を正確に伝えることができなかったのです。もっとアクティブ・トリートメント（積極的治療）もできたのですが、それもできずに終わってしまいました」

休憩室は和田医師と私たちだけで、ひっそりとしていた。時々ぶーんという音がするのは、部屋の隅に置かれた冷蔵庫から出る音なのだろう。冷蔵庫の前の小さなテーブルの上には空になったジュースのペットボトルが三本転がっていた。和田医師は空のペットボトルを拾い上げてゴミ箱に放り込むと、冷蔵庫を開けて数種類のジュースを取り出し、私たちに勧めた。

明らかに和田医師は憤懣《ふんまん》を胸の内に溜め込んだ状態で私に話をしているのだ。私にどうこうというわけではないが、私にも責任の一端を担ってほしいという顔つきである。

「今、田中さんを見舞ってきたのですが、あの状態ではもう肺の方もガンだと告げることはできないでしょうね。元来、本人が知らないでいて、私どもが病名を知ることの方が異常なんですけど」

「そうです。先生は田中さんの友人ではあっても他人ですから。でも我々病院の者が気持ち良く仕事をするには、誰かに田中さんやその上司を説得してほしかったんです」

「分かります、そのお気持ちは。私も医師として、患者にはタイミングはどうであれ、本当の病名を告げるべきだとの信念を持って仕事をしています。しかしそのような考えを持った私でも、もうあの人に病名を告げることに意義を見いだせません。このまま嘘をつき通すしかない、と思いますが」

「先生もそうおっしゃるなら、私もその線で行こうと思います。私も懸命に努力はしたのですが、結局は患者やその上司からは不信感を持たれただけで終わってしまうのが、何とも残念なのです。呼吸器内科の先生も、患者の病室に往診するたびに、患者からいろいろ聞かれても何も言うことができないと不満を募らせていました」

「いろいろご不満はおありでしょう。先生も呼吸器内科の先生も。でも、もうそう長くはないようですね。呼吸困難がもう始まっていますね。痛みはないんですか？」

「痛みはありますが、今のところ少量の麻薬で抑えられています。呼吸困難も肺そのものが主な原因ですが、麻薬の影響もあります」

「田中さんは痛がり屋さんでしょう。鎮痛効果が上がっているならモルフィン（モルヒネ）は積極的に使っていった方がいいかも知れませんね」

「私もそのつもりでいます。でも先生、驚きました。田中さんのところに来る男性は、会社の上司か社長か私は知りませんが、それだけの関係ではないと思いますよ。これは私だけではなく、ここのみんなも言っていることです」

和田医師はガラス戸越しに、勤務室にいる三人の看護師を指さしながらそう言った。和田医師はよほど田中さんと社長の関係が気になるのであろう。このあと二、三の会話を交わして私たちはナースステーションを後にした。

病院の門を出る時、美和子はこれからもできるだけ病院に通うことにする、と言った。

第四章　真剣勝負

午後十時頃、私は書斎で明後日に迫った内科学会の宿題報告の予行演習をしていた。この年になるとどの講演でもおたおたすることはないのだが、宿題報告となればやはり緊張する。それに学会は分刻みでスケジュールが詰まっており、予定時間を超えてしまえば、次のセッションも遅れることになるので講演者や聴衆に迷惑をかけることになる。だから、あらかじめ与えられた五十五分で講演を終えなければならない。私は抽斗《ひきだし》からストップウォッチを取り出し、講演時間を測りながら原稿を読み上げていた。その時、妻が書斎に入ってきた。こんなことは滅多にないことであった。

「あなた、藤居さん、藤居不動産の、その方から電話よ。何だか急いでいるみたい。声が上ずっていて、変よ」

と言いながら子機を差し出した。私はとっさに田中清子さんが急変したのだと思った。

「先生、夜分に申し訳ございません。実は家内が発作を起こして救急病院に運ばれたんです。

意識がないんです」

「意識がない？」

「ええ。家で夕食のあと、家内とちょっと込み入った話をしていたら、急に大声をあげて、バタンと倒れてそのまま意識を失ったんです。呼んでも返事せえへんし、手も動かさんのです。それで救急車呼んで病院に運んでもらいました」

いつだったか藤居さんが、妻は身体障害者だと言ったことがあった。たまたま藤居さんが私の家に田中清子さんのことで報告に来た時、彼は国産の高級車を運転してきた。フロントガラスの内側に身体障害者用のプレートが置いてあるのが目にとまった。これがあれば駐車禁止の路上でも車を停めておくことができるのだ。

「藤居さん、どこか悪いところがおありなんですか」とプレートを指さしながら訊ねたところ、「実はこれ私のではありません。妻のです。これがあるとどこにでも駐車できるのでほんまに助かります。妻を病院に連れていかんならんので」と悪びれるふうもなく彼は言った。確か、奥さんは腰から下の自由が利《き》かないのだとその時に言っていたのを私は思い出した。

でも今回は何が起こったのだろう。単純に今の状態を聞けば「てんかん」が考えられる。次に頭をよぎったのは「くも膜《まく》下《か》出血《しゅっけつ》」である。これなら厄介なことになる。患者が運ばれた病院は私も知っており、救急病院としては大きい方であった。

「病院の先生は何とおっしゃっているんですか。もう三時間以上経っているでしょう。検査もしたんでしょう」

いくら妻のことが心配で、不安になり電話をかけてきたにしても、私も一日の仕事を終えて疲れ切っていた。ややぞんざいな口ぶりになっているのに気付いた。

「ええ。CTという検査と脳波を取りました」

「異常があると言われましたか？」

「首をかしげてはるのです。意識もない患者なのに、検査では異常がないな、って」

「それじゃ、ひとまず安心でしょう」

「でも先生が、倒れて直ぐの写真だからまだ異常が出ていないことも考えられる。もう少し時間を置いて検査をすれば見つかるかも知れない、とも言わはるのです。先生そんなもんなんでしょうか」

「確かにそういうこともあります。もし脳がやられたのなら、症状が先に出て、あとから異常なデータが追いかけてくることはありますから。私はそのCTの写真は見ていないので断言はできませんが、少なくとも脳に血が出ていないことだけははっきりしているようですね」

「昔、家内は脊髄《せきずい》とやらに出血でもしたのではないか、と言われたのです。十五年も前のことです。今と違って検査はあまりされませんでしたが。でも今日のは、先生が言わはるように出血ではないとこちらの先生も言うてはりました」

「もう今日は遅いから、明日の夕方にでも時間を作ってそちらに行かせていただきましょう」

「私がここの病院の先生に、今直ぐ危ないということもあり得ますか、と聞いたら、その可能性がないこともないなあ、何しろ意識がない状態だから。お子さんいるのなら集めておいた方がいいかも知れない、と言わはりました。先生、私心配なんです。こんな時間にすまんことですが、ちょっと来て診てやってもらえませんでしょうか」

「診察といっても、よその病院ですよ、私が勝手に行って診るわけにはいきません。ですから明日、私から主治医の先生に前もって電話で状態をお聞きし、診察の許可をもらいますから」

「実は先生、私、先生に怒られるかも知れませんが、主治医の先生に、先生の名前を出させてもらったんです。こういう先生を知っている、って。そうしたら、来て診てくれるならそれは構わないと……」


——何ということだ。この人は一体、おれの専門知識と技術をどう評価しているのだ。自動販売機にコインを入れてジュースを買うのとはわけが違うぞ。

私は腹が立ってきた。救急病院の医師は私と藤居さんの関係は知らない。藤居さんが昵懇《じっこん》にしている医師がいて、その者が神経学に関してかなりの知識を持っているなら、それは大いに参考になる。病院側のプライドが傷つけられない範囲であれば、ご自由に診察をどうぞ、むしろ歓迎する、ということなのであろう。

私は、今日は無理だと藤居さんに繰り返し言った。しかし彼は必死だった。

「名古屋の会社で働いている長男夫婦も呼びました。大阪に嫁いでいる娘ももうすぐ来ると言ってます。もし先生が来てくれはって、きちっとした診察をしていただければ私たちも納得できます。もしこれから先、家内の意識が戻らないようなことになっても諦めがつきます。先生、何とかお願いします」

――まさか、脳底動脈閉塞症《のうていどうみゃくへいそくしょう》じゃないだろうな。

さらに恐ろしい病名が浮かび上がってきた。不安が頭をよぎった。意識が戻らないとか家族も諦めがつくなどと言われると、こちらも煽《あお》られて悪い方へ悪い方へと考えが傾いていく。

――脳底動脈が、ぽんと詰まれば、ひとたまりもない。しかもＣＴではっきりとした異常が出るには丸一日はかかる。急性期であればよほど熟達した眼で見なければＣＴの異常は見落とされる。しかし、明日は八時から医局で症例検討会だ。遅刻は絶対にしてはいけないと医局員に戒《いまし》めているのに私が遅れるわけにはいかない。今から病院に行けばおそらく午前一時、いや二時までかかるだろう。そこまでする必要があるのか。


「先生、先生、聞こえてますか。私ケイタイからですねん。聞こえ悪いんと違いますか」

「聞こえていますよ。よく」

「何とかお願いします。先生お疲れでしょうから、今私がお迎えに向かいますから」

私は、うろたえて我を忘れている彼がなぜか憎めなくなってきた。

「ちょっとお待ちください。それでは往復の時間がかかってしまうでしょう。時間の無駄です。分かりました。私の車で、そちらに参りましょう」

「ありがとうございます、先生。恩に着ます。家内は今三階の脳外科病棟の集中治療室というところにいます。お疲れのところほんまにありがとうございます。私三十分ほどしたら駐車場の方に出てますので」

藤居さんはひどい汗かきだった。いつもハンカチで顔や首を拭いていた。おそらく今も汗をかきながら電話をしていたのだろう。非常識な人と非難されて当然な行動を取っているが、あの強引さには負けたと思いながら、私は妻を乗せて車を走らせた。夜も遅かったので道路は空《す》いていた。二十分ほどで病院に着いた。藤居さんは病院に接した小さな本館駐車場入口に立っていた。周囲を見渡すと白昼光に照らし出された第一駐車場、第二駐車場、第三駐車場の看板が飛び地のように点在していた。

交通事故が全国的に増えた一九六〇年代に脳外科病院が各地にできたが、この病院もその一つであった。国道沿いのこの病院は患者数の伸びとともに建て増しにつぐ建て増しでベッド数を増やしていった。駐車場も業績の上昇に見合った形で付近の民家や畑を買い上げていったのであろう。

「ほんまにすみません。先生。それに奥さんまで」

「どうなんです、まだ意識が戻らないのですか」

「はい。来た時と同じです」

藤居さんは腰を低くして挨拶をし、先に立って救急室入口と書かれたドアを押し明けて中に入った。すぐ右手にあるエレベーターに乗り三階で降りると、眼の前に「ICU（集中治療室）」があった。ここだけは明かりが煌々《こうこう》として夜も遅いのに別世界の様相を呈していた。

ICUの前の廊下に椅子が数脚置いてあり、三十代半ばの二組の男女が座っていたが私たちを見て立ち上がった。藤居さんの子どもとその配偶者だった。藤居さんが簡単に彼らを紹介した。私も自己紹介をしたあと、ICU窓口の呼び鈴を押し、看護師にここに来た理由を告げた。

「うちの先生から伺っています」と看護師は言い、ドアを開けた。

中に入ると足元に簀《す》の子が置かれていて、病院備え付けのスリッパに履き替えさせられた。さらに白い割烹着《かっぽうぎ》のような病衣を上着の上から着なければならなかった。ごわごわに膨れ上がった格好で患者のベッドサイドに案内された。藤居夫人は看護師詰所から一番奥のベッドに横たわっていた。ＩＣＵでは通常重症者ほど看護師詰所の近くのベッドに置かれる。それは看護師の監視が行き届くことと、何か異変が生じた時に素早く対応ができるからである。

私が奥のベッドに行く途中で観察し得た範囲では、六床あるうち藤居夫人とその手前の患者を除く全員の頭に包帯が巻かれていて、人工呼吸器が付けられていた。見るからに重症感ただよう患者たちであった。私が藤居夫人のベッドに着くと、担当の看護師が小走りにやってきた。見ると、診察用具の入った小さなトレーを持っていた。

「先生、診察されますか」

と彼女は訊いた。

「いいですか、診察しても」

「はい。主治医の吉田先生から、もし診察を希望されるなら、してもらってカルテにも記入してもらうように言われています」

「カルテに、ね」

少し気が重くなった。何の予備知識もなく診察し、その結果を記録として残すのはかなりの勇気がいる。下手《へた》をすれば、こちらの評価にもなりかねない。しかし看護師の持ってきたトレーの中身を見て、ちょっと気持ちが楽になった。打腱槌《だけんつい》が子どものおもちゃのようにちゃちな代物《しろもの》だったからだ。このＩＣＵ病棟の神経学に対する理解度はこの程度か、ということが分かった。


——これでは腱反射《けんはんしゃ》は調べようがないな。


「ここのＩＣＵは脳外科の管理ですか？」

「そうです、頭部外傷や脳卒中の術後の人が多いので、主に脳外科の先生が診てはります」

「この藤居さんも？」

「そうです。藤居さんは救急で来られた時、内科的な患者ということになったようですが、たまたま内科系の先生は、藤居さんの前に吐血患者さんが運ばれてきたので、そちらの対応に追われていたのです。それで脳外《のうげ》の吉田先生がこの方を診ることになったのです」

「意識がないって聞きましたけど」

「ええ。全く動かないんです。ピンチしても」

「呼吸や血圧は？」

「呼吸は浅いですけど、一分間に一八くらい。血圧はさっき測って一二四の七六でした」

脳外科の担当医はやってきそうにない。診るなら勝手にどうぞ、ということなのであろう。看護師も私が来たことを医局や当直室に連絡した気配は見られなかった。

「藤居さん」

患者の耳元に口を寄せ、かなり大きな声で私は呼びかけた。中程度の意識障害では、このような聴覚を介しての脳への刺激で患者は反応する。かすかではあっても眼を開けたり、首を動かしたりするのだ。何の反応もなかった。次に瞼《まぶた》を開け、瞳孔を観察した。右の瞳孔も左の瞳孔も同じ大きさで、大きすぎることも、小さすぎることもなかった。ペンライトの光を当てたところ、直ちに反応して瞳孔は小さくなった。


――対光反射《たいこうはんしや》は正常だな。

次に首の横の皮膚を少し強くつねりながら、瞳孔の反応を見た。瞳孔は左右とも大きくなった。

——毛様体脊髄反射《もうようたいせきずいはんしゃ》も正常だな。良かった。少なくとも、脳幹部《のうかんぶ》はやられていない。脳底動脈閉塞はないと診ていいか。とするとこの患者は一体何だ？。

藤居夫人の両手は伸びたままだ。ちょうど「気をつけ」の姿勢でそのままベッドに仰向《あお》けに寝ている人形だ。私は彼女の両腕を持ち上げて急に放してみた。まるで物体が落ちるようにばたん、と落ちた。完全な麻痺《まひ》である。今度は肘《ひじ》と手首の間の皮膚をつねってみた。腕はぴくりとも動かない。次に打腱槌を看護師から受け取り、四肢の各部を叩いてみた。叩くといっても、ルールがある。叩いた場所の刺激が脊髄に伝わり、対応する筋肉の収縮の程度を見ることで神経系のどの場所に異常が生じているかを判定するのだ。叩き方や叩く強さは、神経学を専門にしている者が一人ひとり体得したもので、それこそ腕の見せ所とも言えるのだ。だから打腱槌は武士の刀に相当する。ところが、ここの病院の打腱槌はなまくら刀であった。しかし、ないよりはましだ。慎重に藤居夫人の腱反射を調べた。重症？　それとも……？

——？

腱反射は正常であった。確かに足の方はいくぶん反射が昂進《こうしん》していた。これは以前、脊髄の病気になり、そのため歩きにくくなった、と夫である藤居氏が言っていたことと関連があるかも知れない。しかし、腕の腱反射はほぼ正常であった。ということは、脳は正常である可能性が高い。さらに脊髄も、少なくとも首のレベルでの脊髄は正常だと思われた。念のため下唇の下の顎《あご》を軽く叩いてみた。異常な動きはない。

「藤居さん。聞こえますか？　聞こえたら眼を開けてください」

再度、私は大声を彼女の耳に吹き込んだ。反応はない。

前腕を見ると硬貨大の薄い皮下《ひか》出血《しゆつけつ》ができていた。私がさっきかなり強くつねったからだ。その場所を避けて、近くをもう一度つねってみた。やはり腕は全く動かなかった。

——一体何だ？　このようなことがあるのか。どんな刺激にも反応しない昏睡状態ということは、大脳の広い範囲の障害か脳幹部障害だ。しかし対光反射や毛様体脊髄反射正常からは脳幹の機能は今のところ保たれている。腱反射も正常ということは少なくとも大脳から頸部の脊髄レベルまでは異常なしとせざるを得ない。もちろん、除脳硬直《じようこうちよく》でも除皮質《じよひしつ》硬直でもない。まさか、この患者は私を試そうとしているのではあるまいな？　そうだとすればこれは真剣勝負だ。受けて立つしかない。だがこのような症例は今まで経験したことがない。

私は看護師詰所に戻り、脳波とCT写真を見せてもらった。CTは病院に搬送されて直ぐに撮ったので、家で倒れてから三十分後くらいのものであった。五十八歳のごく普通の脳であった。脳の中にも脳の周辺にも出血は認められなかった。発病して直ぐの脳梗塞はCTでは分かりにくいのであるが、血管内に血液の塊があるとそこが白く映ることがある。眼を凝らして見たが、それらしきものはなかった。

脳波は正常で、てんかんに特有の尖《とが》った波形はどこにも認められなかった。もっとも脳波は何回も取らなければ異常波が捉えられないこともあるのだが。

でもこのベッドに横たわっている藤居夫人は本当にてんかん患者であろうか、と私は思った。てんかん発作が強ければ、発作が治まったあと意識が朦朧《もうろう》としたり、異常な行動を取ることがある。それが数時間、時には二、三日続くことすらある。でもあんなに完璧とも言える「意識障害」と「麻痺」を示したてんかん患者を私は今まで見たことがないのだ。

「ここに収容されてから、ずーっとああですか?」

と私は看護師に訊ねた。

「そうです。全然動かないのです。バイタル・チェック（体温・血圧・脈拍・呼吸測定）は、異常ないのですが」

「そのようですね。血圧も、呼吸も安定していますね。体温も三六・六度ですね。ぴくりとも動かず、まるで眠れる森の美女みたいですね」

その場に二人いた看護師はくすっと笑って、

「そうなんです。この美女さんはぴくりとも動かないのです。注射しても動かないし、膀胱内にバルーンカテーテルを挿入しても、無表情でした」

そう言ったあと、ひとりの看護師がカルテを差し出した。

「先生、すみませんが、ここに所見《しょけん》を書いていただけませんか」

「主治医の、何ておっしゃったっけ、ああ吉田先生も了解しているんですね」

「はい」

吉田医師が知りたいのは病名であり、診断名であろう。

私は、診断名は書かず、「Pseudo epilepsy（偽てんかん）、またはMedically Unexplained Symptoms（医学的に説明できない症候群）と名付けていい症状と思われる」とだけ記した。そして、「患者の症状と神経学的所見との間に著しい乖離《かいり》があり、印象としてはこのまま重症化するとは考えにくい、あと二、三日すれば意識は回復するのではないか」とのコメントも付した。

最後に「10月16日 1:20a.m. H. Endoh,MD, Ph.D」と署名をして、カルテを看護師に返した。

た。

＊

ＩＣＵの外では藤居さんとその家族が不安そうな顔で待ち受けていた。

「先生、ありがとうございました。やはりもうだめですか？　時間の問題ですか？」

藤居さんは急《せ》き込んで聞いてくる。

「正直なところ、よく分かりません。簡単に診察させていただいただけですから。でも印象としては、あまり重い病気という感じはしないんですよ。あくまでも印象ですが」

「助かりますか、先生？」

娘が聞いてくる。

「おそらく、明日、いやもう今日か、今日中にもう一回ＣＴを撮るでしょう。それで異常が見つからなければ、だんだんと回復してくると思いますよ」

藤居さんは駐車場まで見送りに来た。何回も何回も頭を下げ、

「ありがとうございました。先生も一日の仕事でお疲れのところ、こうして来ていただいて。一生恩に着ます」

と言った。

帰りは妻が運転してくれた。私は朝八時からの医局の症例検討会が気になっていたが、藤居夫人の病名も気になって仕方がなかった。

――ヒステリー？

私はだいぶ前に読んだ数冊の神経学教科書を思い出していた。今から百三十年ほど前、ヒステリー研究で世界をリードしたのはフランスであった。シャルコー教授やその弟子たちがヒステリー患者の姿勢などを克明に画家に描かせていた。私の教科書にそれらの画が何枚も載っていた。だからＩＣＵでの診察中もそうであったが、この病名が頭から離れなかったのだ。

――もしそうだとすれば完璧だ。あんなすばらしい演技をした人は今まで見たことがない。しかし一体何が引き金だろう。

ヒステリー？　患者の性格や家族関係あるいは家庭背景なども知らないで、軽々しく付けるべき病名ではない。しかし、一番可能性のある病名を挙げるとすれば、まずそれになるのだ。

「病名は何なの？」

突然、妻が訊ねてきた。

「さあ」

「昏睡状態で、ぴくりとも動かないでは家族としては心配よ。あなたが『回復する可能性があります』なんて言うから、みんな喜んでたわ。子どもさんたち『あんな偉い先生が言うんだから、大丈夫』って言ってたわ。人は自分たちにいい方に取るから。もし見立て違いなら大変よ」

私は妻にも、ヒステリーという病名は言わなかった。そして、

「ボランティアも疲れるな」

とだけ言った。

一週間ほどして藤居さんから電話が入った。

「先生、先日はありがとうございました。家内は昨日退院しました」

「それで、どうでした」

「先生の言わはる通りでした」

「元通りになったということですか」

「ええ。三日ほどあの状態で、押しても突いても何も反応がないありさまでした。そのあと、薄目を開けるようになり、手も動くようになり、自分でベッドから降りて歩くようになったの

で、病院の先生も、もういいやろう、と退院になったのです」

「それは良かったですね。主治医は何て言ってました？　病気について」

「『けったいな病気やな』って言ったきりです。保険の入院証明書を書いてもらったんですが、そこには、脳炎の疑い、ともう一つは、てんかんの疑い、と書いてありました」

第五章　祈りと告白

田中さんはもう食事もいらないと言い始めた。それでＩＶＨ（中心静脈栄養）が主体の治療形態に変更になった。以前に挿入したチューブは仮のものだったのでそれを引き抜き、新たに鎖骨《さ》の奥にある太い静脈から差し込んだチューブの先端を心臓の近くまで進めておくと、そのチューブを介してかなり濃い栄養剤を注射することができる。仮に口から食べることができなくなっても、必要なカロリーはこのチューブによって保証されるのだ。

それでも美和子はさっぱりしたものなら入るだろうと、蜂蜜を薄めてレモンを搾《しぼ》って加えたジュースを持っていった。それだけはストローで飲んだ。

ある日私が遅く帰ると、

「一日ごとに痩せていく感じ。もうほとんど座ったまま寝るんですって、夜も」

と美和子が言った。

「起座呼吸か」

「何？　そのきざこきゅうって」

「座ったままでないと、呼吸がしにくくなるってこと。横になると肺や心臓に負担がかかるので、座っていた方が楽なんだ」

「でも思ったよりよく話ができたわ。息は弾《はず》んでいるし、咳はしょっちゅうなのに」

「おそらく、もう麻薬を結構な量使っているんじゃないかな。それですこし気分が上向いているんだと思うよ。麻薬中毒になるなんて心配は要らない状態だから、薬の量は増やせるもの」

「ということは、もう長くないの、田中さん？」

「そう思う」

「結局私たち何もしてあげられなかったのね、あの人に」

「助けられないという点においてはそうかも知れない」

「あの人知っているのよ、自分がガンだって」

「初めからではないだろう」

「ええ、途中からね。三回目の手術くらいから自分の病気はガンで、それがあちこちに移っていったのだと気付いたんじゃないかしら。その何というの、ダブルとかいうのかどうかまでは理解していないと思うけど」

　美和子は二、三日おきに田中さんを見舞った。美和子の顔を見た途端、田中さんの顔つきが

「ぼさつ」のように変わると夜遅く帰ってきた私に言ったことがあった。

「ぼさつ？」

私が怪訝《けげん》な顔をしたら、

「そうよ。外面如菩薩内心如夜叉《げめんにょぼさつないしんにょやしゃ》。あなた知ってるでしょう。田中さん、私の顔を見たらいい顔をしたの。優しい顔になって。この前までは痛い、苦しいってきつい顔をしていたけど変わったのよ。お薬が効いているのね、きっと」

「そうかも知れない。でも何でそんな難しい仏教の言葉を知っているんだい。あれは元来女の恐ろしさを表現した言葉ではないか。まあ今なら、差別語になるんじゃないか」

「それは知っています。私、随分《ずいぶん》前に、内山興正《うちやまこうしょう》老師にお会いしたことがあるの。妹が内山老師のファンで、連れていってもらって数回お話を伺った時、外面如菩薩内心如夜叉を聞いたことがあるのよ」

＊

このところ美和子は忙しかった。先週末に出身高校の同窓会があったが、その幹事をしていたので準備に時間が取られていた。会場になるホテルの選定から宴会場の下見、さらに食事内容の吟味などをほかの二人の幹事と一緒にしなければならなかったからだ。

美和子が田中さんを見舞ったのは十日ぶりであった。いつもの蜂蜜入りレモンジュースを作って病院に行った。

A病棟一階5Dのベッドには別の人が寝ていた。驚いてナースステーションで訊ねると田中さんは同じ階のC個室に移っていた。移っていたというより移されたのである。夜昼なく荒い短い呼吸をし、その合間に咳も加わる状態ではほかの患者の安静が保てなくなっていた。その上、頬がげっそりと削げ落ちて、その分だけ目つきが鋭くなった顔つきは一種凄惨な雰囲気を醸し出していた。そのような田中さんを四人部屋に置いたのでは、ほかの患者に与える影響が強すぎると主治医が判断したのである。

C個室をノックすると、はーい、という明るい声が返ってきた。ドアが開き、若い看護師が出てきた。ちょうど定時のバイタル・チェックが終わったところであった。

田中さんの容体は一変していた。それでも美和子を見て、嬉しそうににこっとしたが、両眼から涙がうっすらとにじみ出てきた。痩せた頬をゆっくりと流れ落ちる涙を拭おうともせず、「奥さん、苦しい、助けて」とかすれた声で訴えた。彼女が見せた初めての表情であった。美和子は彼女の背後に死の影を感じた。それで教授室の私に電話をかけてきた。

「あなた直ぐ来てちょうだい。田中さんが」

「どうしたの。急変したのか?」

時計を見た。午後七時十分であった。

「意識はあるわ。でも私の顔を見るなり、助けてと言ったの。今まで、苦しいと言ったことはあっても、助けてとは言わなかったわ」

私は直ちに大学から車を飛ばした。道路はラッシュアワーの真っ只中で混んでおり、おまけに昼から降り始めた雨がこの季節では珍しく霙《みぞれ》に変わっていた。出勤前に見たテレビの天気予報で、シベリア上空のマイナス四〇度の強い寒波が日本海側にせり出してきているから、夕方から雪になる恐れがあると警告を発していたのを思い出した。

四つ葉病院に着いたのは午後八時であった。病室には数人の人が来ていた。

田中さんはまだ意識はあった。私に気付くと、

「先生、おおきに。きょうは、何曜日？」

「火曜日。どうして？」

とかすれた声で言った。

「休みじゃないのに。わざわざ、来てくれはったん？」

「もう仕事は終わったし、田中さんどうしているかと思ってちょっと寄ってみたの」

「先生にも、奥さんにも、えらいお世話に、なったわ。何の恩返しもせんと、堪忍してくださ い」

「恩返しなんて、そんなこと考えないで、田中さん」

美和子が大声で言うと、目を閉じていた田中さんがゆっくりと瞼を開け、両手を力なく美和子の方に差し出した。

「先生や、奥さんに、約束したのに、それも……堪忍して、ください」

そう言ったあと田中さんの意識がすーっと薄れていった。彼女はこのような混濁した意識の中でも、十日前に私たちに言った、「一世一代のきれいな仕事」を覚えていたのだ。

中年の婦人が彼女の耳元で「清子さん」と呼びかけると、かすかに目を開けるが、すぐに瞼が下がってしまう。藤居社長も姿を見せていた。私に向かって、

「先生、もうあかんのでしょうか。ほんまにもうあかんのですか？」

握りしめたままの両手をぶるぶる震わせている。彼の目は真っ赤になっていた。

「主治医の先生は何とおっしゃってました？」

と私は訊ねた。私は主治医ではないので、主治医とは異なった意見を言うことはできない。

「もう、時間の問題やって、さっき説明を受けました。でも先生、田中はこの二、三日はあんまり苦しそうにしてませんでした。穏やかな顔になりました。これ病気が良くなってきたのと違いますか」

「逆だと思います。呼吸がしにくくなってきたので、血液の中に炭酸ガスが溜まってきたんで

す。そうしたら血液の性質が変わってしまい、それが一種の麻酔作用を示したのだと思います。脳もその作用で軽い麻酔にかかっているのだと思います。だから痛みもあまり感じないし、穏やかな顔つきになったんだと思いますよ」

いつの間にか、私の周りに人垣ができていた。私の説明を黙って聞いている。

「なるほど、さよか。道理でこのあいだ来た時よりげっそり痩せてしもうて、明らかに悪うなってんのに、こない優しい顔にならはったんで、何やおかしい思っとったんや。人の身体って不思議やなあ」

見舞客のひとりが誰に言うわけでもなく呟《つぶや》いた。自分自身に向かって言ったのであろうか。

「先生、その脳の麻酔とやら、やめたらどないなります。田中さんまた喋らはりますか？」

人垣の中から別の中年の男性が質問した。

「それは、喉《のど》に管を入れて人工的に呼吸をさせて、血液中の酸素の量や炭酸ガスの量を調節すれば、一時的には意識もはっきりするでしょう。でも喉に管が入っていますから、話をすることはできません。瞬《まばた》きや、手を動かして合図をすることはできます。でもそんなことをして、何の意味があります。田中さんには肺の病気があってそれがどんどん悪くなったから、こうなったわけですからね」

皆が頷《うなず》いた。

「田中さんは次から次と病気が出てきて大変お気の毒でした。しかし、この一週間あまりの田中さんにとっては、皆さんが来てくれて、比較的穏やかにお話ができて、しかもひどい苦しみ方をしないで済んだのですから、ある意味では幸せだったのではないですか」

ベッドの傍らに置かれた心電計がピッピッと規則正しい音を立てながら心臓のリズムを示す波を流していた。三十分ほどすると、その波の山の高さががくんと下がった。さらに十五分経った頃、今度はそれまでの規則正しい音が、ピーピピ、ピピーピという不規則な音に変わった。皆おし黙って心電計の画面を眺めている。医学を知らない者にもその音が明らかに異常を示していることは分かる。患者の心臓がただならない状態を示しているのだ。

看護師が足音も高く入室してきた。ナースステーションに繋がっている心電図モニターが警告音を発したのだ。

「お母ちゃん」

いつの間にか若い女性が田中さんの横にしゃがみ込んでいた。

「堪忍な。仕事どうしても抜けられんかったんや。まだ終わってへんけど、頼んで代わってもろうたんや。遅うなって堪忍な」

娘だと分かった。毎週月曜日に母親を見舞っている娘であった。まだ濡れたままの髪の毛が肩まで伸びていて、天井の蛍光灯の薄い光を反射していた。連絡を受けたので、仕事を中断し、シャワーを浴びて急いで来たのであろう。泣きながら両手で母親の顔をなでている。

「これまでお母ちゃんとあまり話しせえへんかった。言うことも聞かへん悪い子やった。こんなになるんやったらもっと……」

「そんなことない。あんたの母さん、よし子ちゃんのこと自慢してたえ。ちゃんとした技術身に付けて偉いもんや、私とは違う言うてはったわ」

横にいた女性が娘の肩に手を置きながら言った。

娘はそれには応えず、しゃがんだまま、母親の手を握りしめベッドに顔を埋《うず》めていた。肩が小刻みに震えている。

看護師は、すでにこのような事態になることを予測していたのであろう。田中さんの左腕に巻いたままにしてある血圧計の帯に圧力を加えて血圧を測定し、電子体温計を首に当てて体温を測定し、ストップウォッチを押して呼吸数を数えた。それをシートに書き込み、患者に軽く会釈をすると部屋を出ていった。その時私の腕を軽く触り、囁《ささや》いた。

「医大の先生ですか。ちょっと」

私は看護師に従って廊下に出た。

「和田先生が先生にお話ししたいのだそうです」

私だけに聞こえるような小さな声で言った。

「病院に来ているのですか、和田先生は。姿が見えないので、当直医に任せたのかと思っていました」

「和田先生は、ご自分の患者さんは最後まで責任を持たれます。患者さんが夜中に亡くなられる時でも、病院に出てこられます。今日も勤務が終わってからも、今夜が危ない、とおっしゃって、ずっと医局に待機してらっしゃいます」

「それならどうして、病室に来られないのかなあ」

「何となく、行きにくいんでしょう。合わないというか」

「誰と？」

それには答えず、

「先生は外科の医局にいらっしゃいます。私たち三十分おきに先生に田中さんの病状報告をしているのです。さっき報告する時ついでに、『日曜日に面会に来られるご夫婦が見えています』って報告したのです。そうしたら『医大の先生じゃないか、そっと行って確かめてくれ、そうだったらちょっとお話ししたいと伝えてくれ』と言われたのです。私が医局にお連れします」

外科医局は病棟とは別棟にあった。幅の広い連絡路で繋がる管理棟の二階に各医局があった。看護師は外科医局と書かれたドアを開け、中のソファに和田医師が座っているのを確かめると、私に会釈をして立ち去った。

「先生はあのあとも何回か来てくださったそうで」

と言いながら和田医師は流し台に行き、コーヒーメーカーのスイッチを入れた。

「先生ご夫妻のお蔭で、田中さんも随分力づけられたと思います」

「いや、彼女に何かのお役に立ったとすれば、私より妻の方でしょう。結構足繁く来させてもらいましたから」

「私は田中さんには全力投球したと思うんですが、どうもあの人や、上司ですか、藤居とか言いましたね、その人とうまくいかなくて困りました」

「私も、藤居さんは、何と言いますか、私どもがお付き合いしている方たちとはすこし違うので、先生のおっしゃることはよく分かります」

和田医師は淹《い》れたばかりのコーヒーを私に勧めながら、

「先生もそんなふうに感じておられたのですか、あの人のことを。猛反対に遭って病名告知もできず、したがって治療も中途半端に終わってしまいました」

「薬の副作用が出た時などの対応で困ることがありますね」

「そうです。だんだんと病室訪問が重荷になって、できるだけ看護師で済ませようとしたり、どうしても行かなければならない時は極力訪問時間を短くしようと工夫するようになってしまって。今日もこうして、勤務が終わっても残っているんですが、五時半頃に一度行ったきりです。まあ子どもの登校拒否みたいなものですね。学校に行きたがらない子どもの気持ちが分かるような気がしますよ」

「病気の性質上どんどん悪くなるに違いないのに、病室に行くたびに、薬がそのうち効くでしょう、もう少しの辛抱です、などと心にもないことを言い続けるのが苦しくなったということですか」

「まあそれもあります。私はガンの患者に本当の病名を告げてちゃんと治療をしてきましたから。それで却って患者がだめになったというケースは最近ではありません」

「患者に自殺されたケースはありませんか」

「そんなケースはありません。もちろん、うつ病になった人はいます。でもそんなに長くは続きません。抗うつ薬を使いますしね。自分で手に負えなくなれば早めに精神科に対診《たいしん》に出しますし。ですから、そのうつ病も比較的早く回復します」

「早く良くなるという点からは、うつ病と言うよりうつ状態と言った方がいいのかも知れませんね」

「そうでしょうか。いずれにしても病名を告げた場合は、私なりにフォローをしっかりしているつもりなんです。田中さんは私より先生の意見を大事にしているようで、正直のところ羨ましく思いました」

「もしそうだとしたら、私たちの存在が却って治療の邪魔をしたようで、お詫びします。でも私は医学的な意見を求められても、一般論としての解説はしますが、個々の内容については具体的な話は控えるようにしています。主治医でもない者が、あれこれと言うことはできませんから」

その時、電話が鳴った。和田医師は受話器を取って直ぐ、

「分かった、今行く」

と返事をし、私の方を振り向き、

「呼吸が止まったようです」

と言い、部屋を出た。私たちもそのあとを追った。

*

患者の臨終であればいくら気が重くても主治医は病室に行かないわけにはいかない。田中さんの病室の前の廊下には、彼女がもう危ないという連絡を受けたのであろう、十数人ほどの人が立っていた。

彼女が、私には友人がいないように見えるでしょうけど、結構いるんですよ、と言っていた

のを思い出した。親戚付き合いはほとんどないと言っていたから、おそらく肉親と呼べる人はそこには来ていなかったのではないであろうか。

田中さんの呼吸は止まっていて、すでに唇や頬が蒼白になっていた。

ベッドの頭側に置かれた心電図モニターには一筋の平らなラインが流れていた。時折そのラインから尖った山のような波がわずかに上に揺れたり下に揺れたりした。和田医師は聴診器を田中さんの胸に当て心音を確かめた。次に田中さんの瞼を開け、看護師が手渡したペンライトの光を眼球に照らした。そのような診察のあいだも心電図モニターは緑色の水平のラインを示したままであった。

しばらくそのラインを眺めたのち、和田医師はモニターのスイッチを切った。水平になっていた緑のラインは左右から中央に収束し小さな点として一瞬とどまったあと、消えていった。

「ご臨終です。十時四十五分です」

和田医師は低い声でそう言うと、今は死体になった患者に頭を下げ、周囲の者にも二、三回会釈をして病室を出ていった。

静寂を美和子が破った。

「田中さん、よう頑張ったね。苦しかったよね。何もしてあげられなくてごめんね。もういいからあとはゆっくり休んでね」

田中清子、四十七歳一カ月の命であった。

美和子の言葉を合図にしたかのように、あちこちですすり泣きが起こった。

私は美和子に目配せをして部屋から出た。患者が亡くなったあとは、娘や親しかった人たちが主役なのであって、私たち夫婦はあくまでも端役《はやく》なのだ。これ以上ここにとどまっているべきではないと思ったのである。

病院の玄関から入ってすぐのロビーは薄暗く、人影はなかった。天井の蛍光灯が半分消してあった。

＊

「先生」

突然、背後で声がした。振り向くと藤居社長であった。

「先生、奥さん。いろいろとありがとうございました。残念です。まだ若いのに。でも諦めなしょうがないです。ガンやったから。それも次から次に出てきよって。けったいなもんですな。ガンは一つでもえらいことやのに、ああ三つも四つも出たのではたまりませんわ、ほんまに。でもあれは先生と奥さんにぴったり付いてもろうてほんまに心強かったと思います」

一気にそう言って藤居社長は、ポケットからくしゃくしゃになったハンカチを取り出し、額の汗と涙を拭った。薄紫の仕立て下ろしのスーツからくしゃくしゃのハンカチが出てきたのが妙なコントラストであった。

「田中さんの最期は穏やかでしたね。顔つきも。私の作ったスープもおいしい、おいしいって飲んでくださったし。無理して飲んでくれたんじゃないかしら」

美和子も手提げカバンからハンカチを出して目頭を押さえながら震えるような声で言った。

「ほんまにありがとうございました。『奥さんは一流のコックや。材料にも味付けにも愛情がこもっている』言うてました」

「私、初めは田中さんに会うのが苦しくて。だって病気のこと聞けないでしょう。どこまで田中さんが知っていらっしゃるのか分からないので、うかつに話せないんですから。何かお互いに腹の探り合いみたいになって」

「私もそうでした。初めから終いまで誤魔化し通しでしたさかい」

「そうなんです。あなたはそこまで知っているの、それならこちらもここまで出そう、みたいで嫌だったんです。でも藤居さんが強硬に病名を告げるのに反対されたと聞いて、私たち決心したんです。このままで行こうと。主人は今までの自分の診療のやり方と違うからかなり不満だったようですけど。でも主人は田中さんの主治医ではありませんしね」

「田中さんのことはご愁傷様でした。ところで藤居さんは、先ほど、初めから終いまでと言われましたね。田中さんの病気がガンだと初めから分かっていたんですか」

　私は訊ねた。やや詰問調の甲高い声であることに自分自身気付いていた。

「はい。入院して間なしに、和田先生が言わはりました」

「でも、当の田中さんは知らない」

「そうです。私が絶対に言わんといてほしいと言ったのです」

「だから、田中さんはご自分の病気のことを何一つ知らずに亡くなったわけですね？」

　私は自分の両手がぶるぶる震えているのに気付いた。手だけではない、心も震えていた。おまけに、今日は朝から昼過ぎまで外来診察、午後三時から学生講義とぎっしり詰まったスケジュールをこなしたので、肉体もぼろぼろになるほど疲れていた。美和子に呼び出されてここに来たので、夕食もまだ摂っていなかった。そのあいだの水分と言えば和田医師に淹れてもらったコーヒー一杯だけであった。このまま立っていては倒れるかも知れないと思い、ロビーの長椅子に座った。それにつられた形で藤居社長と美和子も座った。

「田中さんはいきなり重い病気になったのではありませんよね。脳卒中で突然意識を失ったわけでもないし、心筋梗塞で心臓が止まってしまったわけではないのです。病名を伝えようにもそのすべがなかったというわけではなかったんです。田中さんは、本当は自分の病気は何なのか知りたかったのではないでしょうか」

「そんなことおへん、先生。あれは自分で言うてました。『病気のことは知りとうない。分かれば却って不安になるから』、そう言うてました」

「そうは言ったかも知れませんが、それが本心だったのでしょうか？」

「………」

「病名を告げっぱなしであとは知らん顔をされれば、それは耐えられないでしょう。ひょっとしたら耐えられる人はいるかも知れませんが、よほど精神力の強い人か、あるいはよほど鈍感な人でしょう」

「いや、田中はそのどれとも違うと思います。一見したところ押しの強い女に見えますが、あれは気が小さいのです。神経質で、ちょっとしたことにも悩んだり考え込んだりするところがあるのです。それで私も気を回してしもうて」

「私と田中さんとのお付き合いは一年足らずでした。藤居さんとは何十年にもなるのでしょう。ですから田中さんの性質や気性は私よりはるかにお分かりですよね。田中さんが病気になられてからの、特に最後の半年間の苦しみの多くは、私に言わせれば肉体的な痛みより心の痛みであったように思います」

「私も終いの方では先生の言わはるような気がしてました。あの咳き込んで横になることもできず、うずくまったまま苦しい苦しいと言いながら私に訴えるような眼を向けた時、そないに感じました」

「藤居さんは今、田中さんは気が小さい、神経質だ、悩む、考え込むところがあるとおっしゃった。これこそ人に備わった性質の中で最も好ましいものではありませんか」

「とんでもない、逆でしょう。そんなもんない方がよっぽど楽だと思いますが。生きていく上で」

「神経質で、悩み、考えるからこそ自分を深く掘り下げることができるのだと思いますよ。それを武器というかバネにして、田中さんは、今までの人生を振り返って、嬉しかったこと、悲しかったことを思い出し、整理することができたのではありませんか。娘さんのこともいろいろあって大変だったとおっしゃっていましたが、今では立ち直ってお仕事についておられるのを本当に嬉しそうに話してくれましたよ」

「娘のことでは随分悩んでいたのはほんまです。あれはうまく収まってくれて喜んでいましたが、しかし、つらいことの方が多かったように思いますなあ。田中には」

「人はつらいことが十あっても、嬉しいことが一つあれば、自分は良い人生を送ったと思える動物なんです。それにつらいことばかりだったと思っていても、ちょっと見方を変えれば逆のこともあるでしょう。自分はしんどかったけれど、そのことでほかの人が幸せになったり感謝されたとあとで気が付くことで、それまでの苦しみが吹っ飛んでしまうことだってあるのです。そのようなきっかけは、今回の田中さんの場合、やはり病名をきちっと知らせることだったと思いますが」

「私は、ほんまのこと言うと自信がなかったのです。田中がガンやということを知ったあとどういうふうになってしまうのか。もし絶望的にでもなってむちゃなことをしたらどないしようと、それればかり思って」

「むちゃなことって、具体的には自殺ですか」

「そうです。自暴自棄になってそんなことでもしたらと。私には支えてやる自信がなかったのです。先生や奥さんがこないに一生懸命やってくれはるとは、実は思いもせなんだもので。もし初めから分かっていたら……」

「確かに、ガンだと告げられて自殺してしまった人はいないわけではありませんね。でも田中さんがそうなるとは決して思いませんでした。それはほかの誰より苦しまれたとは思います。何しろこの二年のあいだに三つのガンに襲われたのですから」

「そうでっしゃろ。それを見るのがつらかったです」

「これまでの人生で、嬉しかったこと、もちろんつらくて悲しいこともあったでしょう。それらを自由にお話ししてもらうのです。私たちはあくまでも聞き手です。耳を傾けて聞かせていただいていれば、学生時代のこと、結婚したこと、娘が生まれたこと、嬉しいこと、悲しいこすとそのほかのいろいろなことが経糸《たていと》や緯糸《よこいと》になって田中さんの人生織物ができ上がるはずです。そうすれば自分が四十数年間この世に存在したことの意義を、完璧ではないまでも清算することができたのだと思います。それをしないでこの世を去ってしまわれたのです」

「そう言われれば、なるほどとしか言えませんが、田中が、その何ですか、人生の織物を織れますか。あんなに若くて死なんならんのですよ。経糸も緯糸も絶望だけということにならんでしょうか」

そう言われて私は言葉に詰まった。経糸も緯糸も絶望印《じるし》では綾錦《あやにしき》は織れないだろう。妻も同じ思いなのか、黙っている。

「いや、私たちも随分悩みました。どこまで関わらせてもらおうかと何回も話し合いました。もし病名を本人に告知したのであれば、あるいは私たちが強く押してそうさせたのであれば、私たちにも責任が生じますから。もちろん主治医である和田先生も応分の役割を負うわけですが、私たちにどこまでできるか自信があったわけではありません」

「田中の食欲がなくなった時、奥さんがスープやプリンなど口に合うものを持ってきてくれはったと喜んでいましたが、その一方で何か浮かない顔をしていたのは先生の言わはる、心の痛みとかいうもんでしょうか」

「そこですよ、藤居さん。私も主人も今あなたがおっしゃった、田中さんの心の痛みをどうしたら和らげてあげられるかを考えたのです。でも病名が告げられていない上、本人は疑心暗鬼になっていてこちらの言うことも上《うわ》の空といった状態だったので、田中さんの心の中に入っていくことができなかったの。空振りに終わってしまったのです」

「あの年でガンになっているなんて言えしません」

「確かに藤居さんがおっしゃるように、田中さんはあまりにも若いから自分がガンであることを受け入れるのは大変でしょうね。でも案外、本当の病名を知った方が、開き直りというか、むしろやりやすかったんじゃないかしら」

「奥さん。奥さんがよう来てくれはって、あれに会ってくれているうちに、すこしずつ変わっていったのは事実です。ごく最近、こんなこと言うてました。『奥さんや先生はどうしてああ落ち着いてはるんやろ。信仰を持っているからやろうか。どうしたら私もああなれるんやろ』って。でもそんなに急に変われるもんじゃないし。うちらこれまで、かなりいろいろやってきましたさかい」

「もう田中さんがお亡くなりになったから申し上げますが、実は田中さんも同じことを私と妻に言いました。『私たちいろんなことをしてきましたから』って。私たちと言われたのですよ」

「そんなことを言うたんですか、田中は」

「そうなんです。先日、主人とお見舞いした時に、私たちで私どもが今住んでいる家を処分して、どこか大学の近くにいい物件を世話したいとおっしゃったんですよ。私が『私たちって、あなただけでなく藤居社長とチームを組んでやってくれるの』って聞いたのです。そうしたら田中さんは、『そんなんと違う』、とおっしゃっただけであとははっきりさせずに」

藤居社長は右の手のひらを前に押し出して制するようなしぐさを見せた。

「まあこんな病院の待合室で話すようなことではありませんので、いずれあらためてご挨拶の時にでも」

「藤居さんが言われるように、患者に本当の病名を告げるということは、告げないより私たち医者には精神的に負担になることがあります。患者さんをトータルに診ることが求められるからです。気持ちが落ち込んでしまわないか、自殺でもされたらどうしよう、という思いがいつも付き纏《まと》いますしね。でもそれを含めて、最後まで診るのが医者の仕事だと思っていましたから。さっき和田先生とお会いしましたが、あの先生もほぼ私と同じ考えでした」

「私があかんのです。さっきも言いましたけど、あれを支えてやる自信がなかったのです。私こんなやくざな格好してますけど、実はえらい怖がりなんです。和田先生からガンやと言われた時、飛び上がってしもうたんです。自分がガンだと言われたような気がしたんです。どないしよう、とにかく隠さなあかん、という思いが先に立ったんです。もし本当のことを言うにしてもあとからどないでもなるやろう、そう思ったのです。ところが病気の方は一向に良くなりません。あれも不安がっていろいろ探りを入れるような聞き方をしよるし、こちらもぼろを出さんようにということになって、とうとう……」

＊

藤居さんも長年自分のもとで働いてくれた従業員が亡くなったことで気持ちが昂《たかぶ》っているのであろうか、ソファに座ったまま同じことを繰り返し言い始めた。私も妻もそれに応じて同じことを話しているのに気付いた。

風が強くなったのであろう、玄関のガラスドアの隙間がもがり笛のような唸《うな》り声を発し始めた。

「誰でも自分の一生を終える時、自分がこの世に存在していたのだということを皆に知ってもらいたいでしょう。そして、あなたはこの世でかけがえのない人だったと言ってほしいのだと思いますよ。誰も破裂したタイヤのように道端に捨てられたままになりたくはないでしょうから」

「それはそうでしょうな。誰もぼろ布みたいに見捨てられるのはかなわんです。奥さんは、誰が見ても交際の広い方のように見えます。それなのに何で大事な時間をさいて田中にあれほど尽くしてくれはったのですか」

「藤居さん、私が田中さんをお見舞いしたのは、自分で自分を見舞ったと思っているのです」

「自分で自分をですか？　よう分からんです」

「私自身を見舞ったのです。この世の中にはいろんな人がおられます。お金がたくさんあって、しかも美しい顔立ちで羨ましいほどの人がいます。私もそうなりたいと思います。でもその反対に病気で苦しんだり、悩んだり、あるいは生まれつき身体の形が醜くなっている人もいますよね。事故や怪我でそうなる人もいるでしょう」

「ほんまです。私の同業者で四年前にひどい交通事故に遭ったのがいました。センターライン越えてきたトラックと正面衝突です。顔の骨は折れるわ、顔面に二十針以上も縫う傷はできるわ、もう大変でした。その上、太ももの骨も複雑骨折とやらで、骨に黴菌が入ってえらいことになりました。三回も手術しましたが、結局足が短くなってしもうて。今、びっこ引きながら何とか歩いてます」

「そのような人を見た時、私はこう思うのです。この方はもしかしたら私の身代わりに事故に遭われたのだ、私の代わりに片方の腰を振りながら横断歩道を渡っているのだと思うのです。私がつらい思いをしないように、私が恥ずかしい思いをしないようにあの方が代わってくださったのだ、と。ですから街でそのような人を見かけた時は、心の中で『ありがとうございます』と手を合わせているのです」

「へえ、そんなふうに考えるのですか。私にはとても……。しかし何年か前にうちらの業界の近畿大会で坊さんを呼んで話をしてもらったことがありました。管長さんというてましたから、偉いお人でっしゃろ。何や大阪の大きな寺院のお方です。うちらはそんな抹香《まっこう》くさい話とは全く縁のない、ドライな、悪く言えばやくざな世界ですさかい、誰がこんな企画したんやと話題になりました」

「普通は政治家を呼ぶのではないですか」

と私が訊ねると、

「ええ、その時も政治家は来はりました。大事な用事があったんでっしゃろ、最初に挨拶してすぐ帰らはりました。それで、そのお坊さんは『私が毎日していることと言えば、何にでも手を合わせることとです。それで管長が務まるのですから、いい加減なものです』と言ってわしらを笑わせたのです。人にも物にも仏が宿っている、毎日食べるご飯にも仏が宿っている、食事を作ってくれた人にも、米や野菜を作ってくれた人にも感謝だと言わはるのです。確か仏性《ぶっしょう》があると言わはりました。どんな悪人でも、死ねば仏になるのだというのもそうなんでっしゃろう」

「藤居さん、あなたはいいことをおっしゃいました。そのお坊さんは分かり易くそのように説明したのでしょう。仏が宿るという思想は仏教の根本でしょう。私は仏教には詳しくありませんが、その思想はすべての宗教に共通ではないでしょうか」

「私にはそんなむつかしいこと分からしませんが、奥さんが足引き摺《ず》って歩いている人に手合わさはるのは、奥さんにその仏性があるのと違いますか」

「私は、私が病気になって歩けなくなってしまうところを、その人が代わりに病気になってくれたのだと思っているのです。だからその人に仏性が宿っているのだと」

「そんな取り方をするのですか、奥さんは」

「田中さんをお見舞いした時、私もちらっとそのようなことをお話ししたのですが、田中さんにはあまり取り合ってもらえませんでした。その時は、自分の病気の重さを十分に受け止めていなかったので、自分はもしかしたら、というより、死ぬだろうとは思っていなかったからでしょう。人は死ぬことが確実になれば、その思考の浅い深いはあるにせよ、もっと自分のことをしっかりと考えるようになるのではないでしょうか」

「しかしそれができる人とできん人がいると思いますが。田中には無理やと思います」

「そうかも知れません。でもやってみなければ分かりませんよ、藤居さん。そのきっかけはやはり、本当の病名をはっきりと知らせることだったと思います。その上で、周囲の者がしっかりとフォローアップすることだと思います」

藤居社長と美和子のあいだで妙な攻防戦になっていた。美和子も私も本当の病名を早く告げるべきである、そうしなければ十分な対応ができないと藤居社長に迫り、藤居社長はそれでは却って患者を苦しめることになると反論しているのだ。この堂々巡りの会話を続けることで、私たち三人は田中さんの死を悼《いた》んでいたのであろうか。

死後、霊界に向かおうとする死者の名前を大声で呼んで現世に引き戻そうとする風習が我が国にある。屋根に上がり、天に向かって死者の名を呼ぶ地域もあるし、井戸を覗き込み水面に向かって名前を呼び続け、今まさに黄泉《よみ》に向かって歩いていく死者を呼び戻そうとする地方もある。

そういえば、堂々巡りの会話の中で私たち三人はことさら田中さん、田中さんと彼女の名前を何度も呼んでいたような気がする。彼女の死を悼む一方で、無意識のうちに私たちは彼女の霊を呼び戻そうとしていたのであろうか。

病院の玄関前のロビーで私たちはおよそ三十分も話し合ったであろうか。突然藤居社長は腕時計にちらっと眼を移し、もう死後の処置は終わった頃だ、これからの段取りを娘さんとしなければならない、自分が仕切ってやらなければどうしようもない、と言って病棟に戻っていった。

玄関のドア越しにうっすらと白くなった駐車場が見えた。霙が雪に変わっていたのだ。私は乗用車のリモートキイを操作してエンジンをかけ、美和子と二人、ロビーで車が温まるのを待った。

＊

田中さんは、死んだあと魂はどこに行くのだろうという私の問いに答えずに逝ってしまった。お互いに考えてきましょうと約束したのにそれを果たさずに。もっとも最初にその質問を発した私でさえ答えを出せなかった。だからそれを彼女に示すことができなかった。

私は悪人です、先生、奥さん堪忍してください、と何回も彼女は言った。苦しい息の下でのこの発言は、彼女の祈りではなかったか。

私たちは彼女に関わったが、このことは一体何だったのだろうか。彼女の病気を治してやることもできず、そうかといってその心に平安を与えることもできなかった。美和子もしょっちゅう彼女を見舞った。彼女の病状が明らかに悪くなることに気付いて私も頻繁に病床を訪れるようにした。あまりにも進行の早い病勢に慌てふためいた自分がその中に見え隠れした。

困った人がいるから助けてあげなさいと、ある日エンジェルが美和子に語りかけた。美和子は何の疑問も抱かず、また何の代償も求めずそれに従った。だが本当に何の代償も求めなかったのであろうか。

私にしたってそうだ。日曜日の夕方しか彼女を見舞わなかったけれど、それはこの時間が空いているからそうしたのではなかったのか。彼女のことが本当に心配なら、日曜も月曜もないはずだ。無償の愛の行為を貫き通すなら病院に泊まり込むことだってできたはずではないか。

＊

「なあ美和子、田中さんしきりに、堪忍してください、私は悪人です、と言ったな。あんなに苦しんでいても、そう言わなければならない何があったんだろう」

「よく分からないけど、初めのうちはあの社長さんと組んで、私たちから莫大な利益を得ようとしたのかも知れないわ。規定以上のね。まさか、代金を全額持ち逃げしようなんて考えなかったでしょうけど」

「全額って、あの百坪近い土地の代金を？」

「バブルがはじけて不動産屋さんはどこも大変です、倒産は毎日のようにあるって田中さんがちらっと言ったことがあるの」

「いつ、そんなこと言った？」

「二回目の入院の頃よ。私がお見舞いに行った時そう言ってたわ。でもうちの会社は大丈夫、苦しいけどまだやっていける、何しろ自社ビルだし、って」

「でも私は悪人です、って田中さんが言ったのは単に親鸞《しんらん》の『悪人正機説《しょうきせつ》』の悪人や、キリスト教の、『人は皆罪びと』の意味とは違うよな」

「そんな深い意味ではないわ。だから、せいぜい売買手数料を倍ぐらい取ろうとしたくらいでしょう。私も途中でそう思ったけど、知らんふりしたの。だってもうあの病気は悪くなるばかりで治ることはないと思ったから」

「ポイント・オブ・ノーリターンか」

「何、それ？」

「もう後戻りできないってこと。死ぬしかないってこと」

「私、田中さんを観察していて気が付いたの。あの人苦しい息の中で告白したのよ。告解よ」

「告解って、カトリックのか」

「ええ。あの人、本当は神父様に告白したかったのよ。でも間に合わなかったの。それで私たちをその代理人にしたのだわ」

「おい止《よ》せよ。そんな役柄はごめんだね」

「もちろん、私たちにそんな資格はないわ。でも意識も朦朧としてきた田中さんには、もう区別はつかなかったのよ。あの人はそうまでしてでも私たちに自分の気持ちを伝えたかったのよ、きっと」

「神父といったって、彼女はそんな環境で育ったわけではないだろう」

「譬《たと》えて言えばよ。別にイエス様やマリア様でなくてもいい、誰かにとりなしをしてもらって安らかに命を終えたいという気持ちがそう言わせたのかも知れないわ」

「人の将《まさ》に死なんとする、その言や善し、か」

「そんな格好いい言葉を超えたものよ。あの人、文字通り必死になって、私たちに謝ったのね。何も実際に私たちに損害を与えたわけではないのに。それなのに、あの人にこれだけのことをしてあげたから、神様どうぞ褒めてくださいという気持ちが私たちにあったとしたら、私たちのやったことは自己満足か偽善に近いものだわ」

ジジジというかすかな音が聞こえた。外来受付のカウンターに置かれた古ぼけたデジタル時計が、昨日から今日に移ったことを教える瞬間であった。

＊

病院のドアを押して外に出ると、冷たい空気が一気に私たちの全身を捉えた。A病棟一階C個室では、娘が今は死者になった母親に取りすがり、長い付き合いであった隣近所の人たちが泣いているが、病院の外は静まり返った世界であった。

薄い雪に覆われた駐車場にはまばらに車が停まっていて、それを青白い水銀灯のあかりが照らし出していた。その一台に近づいた時、ひょろ長い水銀灯の柱と並んで立っていた椎の木の梢《こずえ》付近でチチチという鋭い鳥のさえずりが起こり、静かな闇の世界を切り裂いた。しかし直ぐに、再び静寂が夜を支配した。

（完）

〈著者略歴〉

中島健二（なかじま　けんじ）

一九三九年、東京生まれ。京都府立医科大学名誉教授、ウェスタン・オンタリオ大学（カナダ）客員教授、特定非営利活動法人「京都の医療・福祉プロジェクト」理事長。

京都府立医科大学卒業・同大学大学院精神科修了。医学博士。東京逓信病院脳神経外科医員、秋田県立脳血管研究センター脳神経外科主任研究員・神経内科主任研究員（医長）を経て、同センター病院長。京都府立医科大学神経内科教授、国立舞鶴病院病院長を歴任。瑞宝中綬章受章。

著書に、『痴呆症　基礎と臨床の最前線』（金芳堂）、『この日本で老いる』（世界思想社）、『家族のための〈認知症〉入門』（PHP新書）、『希望の介護　認知症を考える「中島塾」にようこそ』（書肆クラルテ）、『出家』（PHPエディターズ・グループ）など多数。

マルチプル・キャンサー

二〇二三年三月十五日　第一版第一刷発行

著　者　中島健二
発　行　株式会社PHPエディターズ・グループ
〒一三五-〇〇六一　東京都江東区豊洲五-六-五二
電話〇三-六二〇四-二九三一
http://www.peg.co.jp/
印　刷
製　本　シナノ印刷株式会社

ISBN978-4-910739-21-2